丛林历险

【英】约瑟夫·鲁德亚德·吉卜林◎著

夏林 邓琳◎译

江西高校出版社

JIANGXI UNIVERSITIES AND COLLEGES PRESS

图书在版编目（CIP）数据

丛林历险 /（英）吉卜林著；夏林，邓琳译 .—南昌：江西
高校出版社，2016.3（2020.6 重印）

（国际大奖动物小说）

ISBN 978-7-5493-4149-8

Ⅰ . ①丛…　Ⅱ . ①吉…　②夏…　③邓…　Ⅲ . ①儿童文
学 - 长篇小说 - 英国 - 现代　Ⅳ . ① I561.84

中国版本图书馆 CIP 数据核字（2016）第 056394 号

责任编辑　　敖　萌
装帧设计　　罗俊南

出 版 发 行	江西高校出版社	
社　　　址	江西省南昌市洪都北大道 96 号	
编 辑 电 话	（0791）88170528	
销 售 电 话	（0791）88170198	
网　　　址	www.juacp.com	
印　　　刷	湖南锦泰数字印刷有限公司	
经　　　销	各地新华书店	
开　　　本	787mm×1092mm　1/16	
印　　　张	11.5	
字　　　数	106 千字	
版　　　次	2016 年 3 月第 1 版	
	2020 年 6 月第 3 次印刷	
书　　　号	ISBN 978-7-5493-4149-8	
定　　　价	35.00 元	

赣版权登字 -07-2016-142

目 录
contents

狼孩莫格里

001　一　莫格里的兄弟们

029　二　西奥尼狼群的狩猎之歌

030　三　巴鲁的法则

058　四　班得罗格的行路之歌

060　五　老虎！老虎！

082　六　莫格里之歌

085　七　恐惧是如何到来的

白海豹

111　一　白海豹

130　二　卢侃农

里基提基

133　一　里基一提基一塔维

155　二　达尔奇的赞美诗

大象们的图梅

157　一　大象们的图梅

176　二　希福和蚂蚱

狼孩莫格里

一 莫格里的兄弟们

蝙蝠曼恩释放了黑夜，

鸢鹰兰恩把黑夜带回了家，

狂欢到天明的兽群回到了山林，

这是锋牙利爪展示骄傲和力量的时刻，

哦，听那声声召唤，

所有遵守丛林法则的兽民们都在庆祝狩猎成功。

——《丛林夜曲》

　　那是一个温暖的黄昏，在西奥尼群山中，狼爸爸饱饱地睡了一整天，醒来时已经是傍晚七点了。他抓了抓痒，打着哈欠，伸着懒腰。

狼妈妈还躺在那里，灰色的鼻子不停地嗅着她那四个正在撒欢的幼崽。月光照进了他们居住的洞口。

"又该去觅食了。"狼爸爸说着正要跳下山，却发现一个拖着蓬松大尾巴的小个子挡住了洞口。小个子嘴里喊着："哦，狼大王，祝你好运啊，祝你高贵的孩子们都有一口洁白锋利的牙齿，愿他们时刻都记着，这世界上还有像我这样的饥肠辘辘的动物呢。"

原来是塔巴奇，一条专捡剩饭吃的豺狗。全印度的狼都瞧不起塔巴奇，因为他成天跑来跑去，到处搬弄是非。但是，狼群也不愿意轻易冒犯塔巴奇，因为他太容易进入疯癫状态。一发起疯来，塔巴奇就天不怕地不怕，在森林中横冲直撞，见到谁咬谁。

就算是老虎碰到发疯的塔巴奇，也会赶紧躲藏起来，因为他一旦发疯，见到谁都咬。这是野兽们遇到的最可怕的事情了，连躲都躲不及。我们人类管这种病叫狂犬病，野兽们叫它疯病。

对于塔巴奇的出现，狼爸爸并不高兴，但是又无可奈何。于是狼爸爸口气生硬地说："那就进来看看吧，不过这里没什么吃的。"

"对狼来说可能没什么可吃的，不过对我这么卑贱的动物来说，一根干骨头也是一顿美味大餐。我们可是豺狗，哪能挑挑拣拣的呢？"他一溜烟钻进洞里，找到了一根带着一丝肉的公鹿骨头，就坐下来美美地嘎嘣嘎嘣啃了起来。

"谢谢这顿美餐。"他舔着嘴唇说，然后不怀好意地补充了一句，

"谢里汗，那个山大王，已经转移了他的狩猎范围。从明天开始，他就要在这一带的山里捕猎了，他就是这么跟我说的。"

谢里汗是住在离这里有30多千米的韦根加河附近的那只老虎。

"他没有那个权利！根据丛林法则，不提前通知就没权利挪窝。"狼爸爸生气地说，"他会惊动方圆16千米内的所有猎物，而我，这段时间不得不为了刚出生的孩子们猎取双倍的食物。"

"看来人们不是无缘无故就叫谢里汗瘸子的，"狼妈妈平静地说，"他一出生一条腿就瘸了，所以只捕猎耕牛，导致韦根加河附近的人们对他恨之入骨，现在他又来我们这里捣乱，把我们这里也闹得鸡犬不宁。等人们放火搜山的时候，他就跑得远远的，害得我跟孩子们东躲西藏。哼，看来我们真该感谢这位谢里汗呢！"

"要不要我帮你们转达谢意啊？"塔巴奇显然察觉到了狼爸爸和狼妈妈的不痛快，于是幸灾乐祸地说。

"滚！"狼爸爸厉声呵斥道，"滚出去跟你的主子捕猎去吧！今晚你干的坏事已经够多了。"

"我走，"塔巴奇小声说，"你们自己听听，谢里汗就在下面的灌木丛里，我倒是完全可以不来报信。"

狼爸爸狼妈妈侧耳听了听，那只老虎果然正在怒气冲冲地吼叫。他今晚一无所获，却毫不在乎整个丛林中的动物是不是都听到了他的吼叫。

狼孩莫格里

"笨蛋！"狼爸爸说，"还没动手就开始大喊大叫，他以为我们这儿的雄鹿都像韦根加河畔的肥牛犊子一样蠢吗？"

"今晚他既不逮牛也不杀鹿，"狼妈妈说，"他要抓人呢。"谢里汗的吼叫声变成了一种呜呜声，仿佛从四面八方传来。据说这种声音经常会让人晕头转向，甚至会让人自投虎口。

"人！"狼爸爸咬牙切齿地说，"水池里面的昆虫和青蛙不够多吗？非要吃人，而且还是在我们的地盘上！"

丛林法则从来不会无缘无故做出某些规定，但是法则里明确说明不允许任何兽类吃人类，除非是为了教孩子捕食，而且必须离开自己的部落猎场。之所以有这样的规定，归根结底是因为杀人就意味着迟早会招来骑着大象拿着枪的白人，还有成千上万拿着火炬的黑人，他们都是来复仇的。那样丛林里面的伙伴们就要遭殃了。而且吃人的野兽会口舌生疮，满口牙齿都掉光。

呜呜声越来越大，然后变成"嗷呜"这声最响亮的吼叫，最后传来谢里汗的一声不带任何虎威的尖嚎。

"他失算了。"狼妈妈说。

狼爸爸向外跑了几步，听到谢里汗在矮树丛中翻滚着。"这个傻瓜跳进了篝火中，烧伤了脚。"狼爸爸嘴里愤怒地咕哝着，接着又大笑了起来，"塔巴奇跟他在一起呢。"

"有东西朝着山这边走过来了，"狼妈妈一只耳朵抽动了一下，

"当心！"

附近的灌木丛微微地动了一下，狼爸爸后腿一蹬准备跳起，就在他跳起的一瞬间，狼爸爸看清了猎物。他马上收腿，这让他腾空跳起两三米后又落在了起跳的地方。"人！"狼爸爸叫道，"人类的小崽子，看啊！"

在他的正前方站着一个小孩，光着屁股，有着棕色的皮肤，正抬头望着狼爸爸大笑。

"是人类的小崽子吗？"狼妈妈问，"我还从来没看到过人类的小崽子呢，叼到这儿来。"

狼习惯叼着自己的孩子来回走动，他们甚至可以在必要的情况下叼起一个鸡蛋，但是不会弄破蛋壳。虽然狼爸爸的喉咙紧贴着孩子的背，但当孩子被放到狼崽中间时，没有一颗牙齿划伤孩子的皮肤。

"真小，真光溜，而且，胆儿真大！"狼妈妈温柔地说。

小孩推挤着狼崽找了一个温暖的地方。狼妈妈继续说道："他跟咱们的孩子一起吃了奶，现在哪只狼敢自豪地说自己的孩子中有一个人类的小崽子呢？"

"我倒是时不时地听说这种事，但是在我们狼群或者说我们的时代，绝无仅有。"狼爸爸看着小孩，轻轻地说道，"他浑身上下一根毛都没有，我轻轻一踩就能杀了他。可是，你看啊，他抬着头，

狼孩莫格里

丝毫都不畏惧。"

这时，洞口的月光突然被什么东西挡住了，原来是谢里汗的大方脑袋和肩膀挤进了洞口。塔巴奇跟在他后面，正说着："主人，主人，他是从这里进去的。"

"大王可真赏脸啊！"狼爸爸说，眼神中流露出掩藏不住的愤怒，"谢里汗有何贵干？"

"我的猎物。一个人类的小崽子来这儿了，他的父母跑掉了。快点把他交给我。"

谢里汗的脚被烧伤了，随之而来的疼痛使他烦躁不安。但是，狼爸爸知道洞口很窄，老虎进不来。

"狼是自由的兽民，"狼爸爸说，"我们狼只听从狼群首领的命令，而不听命于一个只会猎杀耕牛的家伙。人类的小崽子是我们的，只要我们乐意，我们就可以杀了他。"

"这是什么话，什么你们乐意不乐意？难道要我把鼻子伸进你们的狼窝，找回属于我的东西吗？你要搞清楚，现在跟你讲话的可是我山大王谢里汗。"

老虎的吼声像炸雷一样回响在山洞中，狼妈妈一下子把所有的小崽子都从身上抖掉，猛地冲到前面。她的眼睛像黑暗中的两个绿月亮，目不转睛地盯着谢里汗冒火的眼睛。

"那让我'魔鬼拉卡莎'来回答你。这个人类的小崽子是我的，瘸老大！他不能被杀死，他得活着，跟狼群一起奔跑、捕食，等他长大了，他会杀死你的。现在滚吧！"

狼爸爸诧异地盯着狼妈妈，他几乎忘记了自己是在打败五只狼之后才赢得了狼妈妈。那时，在整个狼群中，大家并不是为了恭维她才管她叫"魔鬼拉卡莎"的。

谢里汗也许能对付狼爸爸，但是他无法对付狼妈妈。谢里汗知道，在这儿，狼妈妈占据着绝对的地理优势，而且将跟他拼个你死我活。谢里汗显然是被狼妈妈的怒吼震慑住了，他咆哮着退出了洞口。当他确定自己身处安全之地时才喊道："咱们走着瞧，看狼群对收养人类的小崽子会是什么样的说法。这个小崽子是我的，总有一天我的嘴巴将是他的葬身之地。你们这帮长尾巴的贼！"

狼妈妈怒气冲冲地躺回到小崽子们中间。狼爸爸严肃地对她说："谢里汗说得对，这个小崽子肯定会被狼群看到，你确定还要收养他吗，孩子他妈？"

"收养他！"狼妈妈喘着气说，"他光溜溜的，在大晚上来到这里，孤零零的，还饿着肚子，可他一点都不胆小，所以当然要收养他。我要收养他！躺着别动，小青蛙，哦，你这个'莫格里'，我要叫你'青蛙莫格里'。总有一天你会和谢里汗针锋相对的，就像今天一样。"

"但是，狼群会怎么说呢？"狼爸爸问。

丛林法则规定，任何狼结婚之后都可以从自己所在的狼群退出。但是，只要狼崽们长到能站起来了，他们就必须把狼崽们带到狼群大会上去。

为了方便其他狼认识这些狼崽，狼群大会一月开一次，通常在月圆那天举行。经过确认之后，狼崽们就可以爱在哪里撒欢就在哪里撒欢了。在这些狼崽第一次猎捕到雄鹿之前，任何一只成年的狼不许以任何借口猎杀狼崽，一旦被发现，只有死路一条。

狼爸爸一直等到孩子们能跑几步的时候，才在举行狼群大会的那个晚上，带着狼崽、莫格里还有狼妈妈，来到山顶的会议岩——一处覆盖着石块和鹅卵石的山顶。

伟大的灰狼阿克拉惬意地躺在他的专属岩石上，他是狼群的

首领，凭借力量和狡猾统领着狼群。在岩石下方的平地上，蹲坐着四十几只大大小小颜色各异的狼。阿克拉领导狼群已经很长一段时间了，年轻的时候，他曾经两次掉进捕狼陷阱里。还有一次，他被人类痛打一番之后，被当作死狼扔掉。所以，他很清楚人类的风俗习惯。

在会议岩，大家都保持沉默。狼爸爸和狼妈妈们围成圈坐着，小狼崽们在圈子中间撒欢打闹。时不时会有年长的狼轻手轻脚地走到一只狼崽跟前，细细打量一番之后，又回到自己的位置上。

阿克拉躺在岩石上喊道："你们都知道法则，各位好好看啊。"

焦虑的狼妈妈们也跟着喊："快看，大家看好了。"

最后，当狼爸爸把青蛙莫格里推到圈子中央时，狼妈妈脖子上的毛都竖起来了。莫格里却只管坐在那里，还笑着玩鹅卵石。那些鹅卵石在月光下闪闪发亮。

阿克拉连头都没抬，继续用他单调的声音喊着："看好了！"

这时候，一声吼叫从岩石后面传出来，是谢里汗，他叫道："这个小崽子是我的，把他还给我。你们这些自由的兽民，要这个人类的小崽子做什么呢？"

阿克拉连耳朵都没动一下，他只喊道："看好了，各位，自由的兽民除了听从自由兽民的命令外，理会其他的做什么？好好看吧。"

狼群开始咆哮，一只四岁的狼接着谢里汗的问题问阿克拉："自由的兽民要人类的小崽子做什么啊？"

"按照丛林法则的规定，如果对狼群接纳幼崽的权利存在争议，那么除了小崽子的父母，必须最少有两只狼为这个幼崽说话。在座的各位，有谁愿意为这个幼崽说话？"阿克拉问道。

周围一片寂静。狼妈妈已经做好了准备，如果事情发展到非要用武力解决的地步，她将会奋力一搏。

这时，获准参加狼群会议的唯一异类巴鲁说话了。巴鲁是一只爱打瞌睡的棕熊，他专门给狼崽们传授丛林法则。他起身说道："我愿意为这个人类的小崽子说话，因为他不会对狼群造成什么伤害，就让他跟狼群一起奔跑吧！我会亲自教他。"

"我们还需要另外一位。"阿克拉说道，"巴鲁已经说过了，他是我们孩子的老师。除了巴鲁，还有谁心甘情愿为这个小崽子说话？"

一个黑影跳进了圈子中央——是黑豹巴吉拉。大家对巴吉拉并不陌生，但是谁也不敢去招惹他，因为他像塔巴奇一样狡猾，像野牛一样胆大，又像受伤的大象那样义无反顾；可他的嗓音是柔和的，像从树枝上滴下来的蜂蜜一样甜美。

"哦，阿克拉，还有各位自由的兽民，"他轻声说道，"在你们的聚会上，我没有什么权利，但是丛林法则规定，如果对一个幼崽的去留产生疑问，又没到非杀他不可的地步，那就可以提出其他条

狼孩莫格里

件，来交换这个幼崽。我愿意用一头刚杀死的肥牛，来换这个人类的小崽子的命。大家说可以吗？"

总是饥肠辘辘的狼群听到有肥牛，马上七嘴八舌地喊道："何须多虑呢？他会在冬雨中冻死，会在烈日下烧焦。一只赤身裸体的青蛙，会对我们造成什么伤害呢？让他跟狼群一起奔跑吧。肥牛在哪儿呢，巴吉拉？我们可以接受他。"

然后，阿克拉用低沉的声音说道："看好了，看好了，各位。"

莫格里的心思还沉浸在鹅卵石上，所以他并没有注意到狼群里的狼正一只接一只地过来打量自己。最后，其他的狼都下山去找巴吉拉刚杀死的那头肥牛了，只有阿克拉、巴吉拉、巴鲁和莫格里家的狼留了下来。谢里汗的咆哮声还在黑夜中回荡，莫格里没有被交到他的手上，让他大为恼火。

"嚎吧，"巴吉拉说，"总有一天，赤身裸体的小东西会让你换个腔调号叫的。"

"做得好，"阿克拉说，"人类和他们的小崽子都很聪明，也许他会是个很出色的帮手。"

"的确，他会是一个对你大有裨益的好帮手的。毕竟没有谁能长生不老，永远领导狼群。"巴吉拉说。

阿克拉闭口不言，他在想，每个狼群的首领都有力气衰竭的那一天。他也会越来越衰弱，直到被狼群杀死，然后新的首领出现，然后又被杀。

"带他走吧，"阿克拉对狼爸爸说，"好好训练他。"

这就是莫格里以巴吉拉牺牲一头公牛的代价，和巴鲁的一句好话，加入西奥尼狼群的经过。

在接下来的11年里，莫格里跟狼崽一起慢慢长大，狼崽都成年了，他却还是个孩子。狼爸爸把自己捕猎的本事都教给了他，让他熟悉丛林里的每一件事情、每一种声音。

直到后来，莫格里对温暖黑夜里的每一丝风吹草动、头上猫头鹰的每一声啼叫、在树上栖息片刻的蝙蝠的每一次抓挠、池塘里小鱼跳跃时发出的每一丁点声音都了如指掌，就像商人对自己办公室里的业务一样熟练。

现在，每当狼群聚会的时候，莫格里也有了自己的一席之地。在那儿，他发现，如果他紧紧盯着一只狼的眼睛，那只狼就会被迫低下自己的头，所以莫格里常常会盯着狼群玩这个游戏。有时候，莫格里也会帮他的朋友拔出脚掌上的长刺——刺扎在脚上会让狼们疼痛难忍。巴吉拉手把手教他如何躲开人类的陷阱，还有各种打猎的方法。莫格里最喜欢跟巴吉拉一起去温暖幽暗的森林深处，睡上几乎整整一天，然后在晚上看巴吉拉捕猎。巴吉拉饿了的时候见什么杀什么，莫格里也是，但有一种东西除外。从莫格里懂事的时候开始，巴吉拉就告诉他，绝对不能碰牛。因为巴吉拉曾经以牺牲一头公牛的性命为代价，才让他被狼群接纳。莫格里忠实地遵守着这一点。

作为一个人类的小男孩，莫格里渐渐长得越来越壮实，他不知道自己正在学习一切该学的东西。除了吃，他什么都不考虑。

狼妈妈曾经不止一次警告过他，谢里汗不是一个值得信任的家伙，而且他必须在将来的某一天杀了谢里汗。如果他是一只狼，他就会时刻记着这个忠告；但莫格里不是，所以他记不住，因为他现在还只是个孩子。不过，要是莫格里会人类的语言，他会管自己叫狼。

阿克拉一天比一天年迈体衰。谢里汗经常在丛林中出没，并开始跟一些年轻的狼交朋友，他们跟在谢里汗后面吃他吃剩下的东西。然后谢里汗会故意吹捧他们，挑拨狼群的关系，并说他感到疑惑，这么一群年轻有为的狼，居然心甘情愿受一只老狼和一个人类的小崽子的摆布。

有一次，谢里汗不怀好意地说道："有人告诉我，在聚会的时候，你们都不敢直视人类的那个小崽子的眼睛啊！"往往在这样的时刻，年轻的狼们禁不住挑拨，经常会很愤怒地号叫起来。

巴吉拉的消息非常灵通，这一类事情从来都逃不过他的耳目。他不厌其烦地告诉莫格里，谢里汗终有一天会杀了他。莫格里每次听了都大笑，说道："我有狼群，有你，有巴鲁，虽然巴鲁懒得要命，但是，他会助我一臂之力的。我为什么要害怕呢？"

在一个非常温暖的日子，巴吉拉有了新的想法，这个想法源自于他道听途说的一些事情，也许是野猪埃吉告诉他的吧。不过，他是在丛林深处告诉莫格里这件事的。莫格里当时还把头枕在巴吉拉漂亮的黑色皮毛上。

"小兄弟，我跟你说过多少次了，谢里汗是你的敌人！"

"你跟我说这件事情的次数多得就跟棕榈树上的坚果一样。"莫格里说，但他自然是不会数数的，"但是那又怎么样，谢里汗不就是尾巴长点儿，说话声音大点儿吗？"

"可就连塔巴奇也威胁过你啊。"

"呵呵，"莫格里说，"是的，塔巴奇跟我说话总是毫不客气。不过，我也曾两次抓着他的尾巴，把他用力地撞向棕榈树，教他懂点规矩。"

"哦，塔巴奇又不傻，虽然他是个惹是生非的主儿，但他敢对你无礼，是因为他后面有谢里汗撑腰。你要想清楚小兄弟，谢里汗不敢在丛林中杀你，是因为它怕狼王阿克拉。可是你别忘了，阿克拉已经年老体弱了，他不能猎杀鹿群的那一天很快就会到来。到了那个时候，他就再也不是首领了。年轻的狼们到了那时就会相信，人类的小崽子在狼群是没有立足之地的，这是谢里汗告诉他们的。"

"我出生在丛林，"莫格里说，"我遵守丛林法则，这里的每一只狼都受过我帮他拔刺的恩惠。毫无疑问，他们也是我的兄弟。"

巴吉拉舒展全身，半闭着眼睛说道："小兄弟，摸摸我的下巴。"莫格里伸出他有力的手摸了一下，感觉到巴吉拉的下巴下面有一小块是光秃秃的。

"丛林中没有人知道我巴吉拉身上带着这个标记，这是戴过颈圈的标记。小兄弟，我也是在人类中间出生的。我母亲死在人类中间，死在了王宫的笼子里面。正是出于这个原因，我才在你还是个光屁股小孩的时候，就在狼群大会上力保你。没错，我也出生在人类中间，那时我从没见过丛林，人类在栅栏外面用铁盘子给我喂食。直到有一天晚上，我感到我是巴吉拉，是一只黑豹，不是人类的宠物。于是，我一巴掌打碎了那个毫无意义的锁，逃了出来。因为我学过人类的那一套，所以，我在丛林中比老虎谢里汗还可怕。"

"是的，"莫格里说，"整个丛林都害怕巴吉拉，除了莫格里。"

"哦，你是人类的孩子。"黑豹非常温柔地说，"就像我回到了我的丛林一样，你最后也必须回到人类当中去，那些人才是你的兄弟，如果在此之前你还没有葬身在狼群的话。"

"可为什么非要杀我不可呢？"

"看着我。"巴吉拉说。莫格里直视着他的眼睛，半分钟后，这只大豹子就转过了他的头。

"这就是原因。"他说着，移开了抓着树叶的爪子，"我出生在人类中间，而且我爱你，但连我都不敢直视你的眼睛。小兄弟，别的动物都恨你，因为他们不敢直视你的眼睛，因为你聪明，因为你拔出了他们脚掌中的刺，因为你是人。"

"我不明白这些事。"莫格里悲伤地说，他又黑又粗的眉毛紧锁在额头。

"我心里很清楚，现在对阿克拉而言，他猎杀雄鹿时一次比一次费力了，真到了那个时候，整个狼群就会反抗他，也会反抗你。他们会在会议岩召开狼群大会，那时——等等，我有办法了。"巴吉拉说着跳了起来，"快去山谷里人类居住的小屋，取一些他们种在那里的'红花'。这样，真到了那个时候，你就有了一个比我和巴鲁都厉害的朋友了。"

巴吉拉说的红花就是火，丛林中没有动物能准确地说出它的名字，每个动物都怕火怕得要死，还自创了很多方式来描述它。

"红花？"莫格里说，"我会去拿一些。但是，我的巴吉拉，"他用胳膊搂住巴吉拉那漂亮的脖子，直直地盯着巴吉拉的大眼睛说道，"你敢肯定，这都是因为谢里汗在其中捣鬼吗？"

"我对赋予我自由的那把被砸烂的锁起誓，我确定，小兄弟。"

"那我就对为赎回我而牺牲的那头公牛起誓，我要跟谢里汗算算账了。"莫格里说着一蹦一跳地离开了。

"这才算成年了。"巴吉拉自言自语道，又躺了下来，"哦，谢里汗，十年前你试图猎杀青蛙莫格里，这将是你一生中犯下的最致命的错误。"

　　莫格里穿过森林，越跑越远，他飞快地跑着，心急火燎。他一头扎进灌木丛，直奔山谷下的小溪。他一到那里就停住了，因为他听到了狼群的号叫声，还有一只正在被猎杀的雄鹿的叫声，然后传来一群年轻的狼不怀好意的尖叫声："阿克拉！阿克拉！让阿克拉展示他的力量，跳啊，阿克拉！"

　　阿克拉肯定跳了，却扑空了，因为莫格里听到他的牙齿咔嗒合上的声音，紧跟着的是雄鹿用腿踢翻阿克拉的声音。他顾不上多想，飞奔向前，叫喊声在他身后越来越小了，因为莫格里已经跑到了村民居住的农场。

　　"巴吉拉说的是真的。"他正在喘着粗气，蹲在牛棚窗户旁的草堆里想，"明天对于阿克拉和我来说，都是个非常重要的日子。"

　　然后，他把脸贴近窗户，望着炉子上的火。他看到村民的妻子半夜起来把黑色的煤块放进炉子里。当早晨到来时，薄雾弥漫，他看到男人让小孩拿了一个罐子，往里边放了几块红得发烫的煤块，将罐子塞在毯子下面，然后就赶着牛去田里了。

　　"原来是这么回事。"莫格里说，"如果一个小孩都会干，那就没什么好怕的了。"于是他大步走过去，从小孩的手里抢过火罐，然后就消失在了浓雾中。

　　"如果我不给这个东西喂点吃的，它就要死了。"莫格里一边说着，一边往那红红的东西上又加了一些树枝和干树皮。

在半山腰他遇到了巴吉拉，早晨的露珠像宝石一样挂在他的皮毛上，闪闪发亮。

"阿克拉扑空了，"黑豹巴吉拉说，"他们本想在昨晚杀了他，但是他们还想连你一起杀，所以他们一直在山上找你。"

"我从村民那里来，我准备好了，你看！"莫格里举起了火罐。

"好！你不害怕吗？"

"不怕，为什么要怕呢？我现在想起来了，在成为一只狼之前，我就躺在这红花旁边，又暖和又舒服。"

莫格里一整天都在洞里照顾他的火罐，往里边扔干树枝，看它们烧着了是什么样子。他发现了一根让自己满意的树枝，准备在关键的时候发挥它的作用。到了晚上，当塔巴奇来到洞里，非常不客气地告诉他，让他去参加狼群大会的时候，他纵声大笑，直到塔巴奇落荒而逃。然后，莫格里大笑着去赴会了。

狼群首领阿克拉躺在他的专属岩石旁边，这意味着狼群首领的位置空着。谢里汗被簇拥着大摇大摆地走来走去，露出得意扬扬的表情。巴吉拉紧挨着莫格里躺着，莫格里把火罐夹在两腿之间。等大家都到齐了，谢里汗开始发言。在阿克拉年富力强时，谢里汗绝对不敢这样做。

"他没有这个权利，"巴吉拉低声说，"你就这样说，他准会被吓到。"

莫格里一跃而起。

"自由的兽民们,"他喊道,"是谢里汗在领导狼群吗?我们的狼群首领跟老虎有什么关系?"

"由于首领位置还空缺着,而我是应邀发言。"谢里汗开口道。

"谁邀请你了?"莫格里问,"我们用得着奉承这个杀牛屠夫吗?狼群首领的选举是狼群自己的事情。"

会场一片骚动。

"闭嘴,你这个人类的小崽子!"

"让他说话,他一向遵守我们的规矩。"

最后,狼群中几只年长的狼打雷似的吼道:"让死狼说话。"

当狼群的首领逮不到猎物的时候,就会被称为死狼,尽管他还活着,但也活不长了。

阿克拉有气无力地抬起他衰老的脑袋说道:"自由的兽民们,谢里汗的狗腿子们,你们都知道,昨天我是怎么中了圈套才扑空的。干得可真够聪明的。现在,你们可以在会议岩这里杀了我,但是,我也有权捍卫自己的王位。谁第一个跟我单挑啊?"

很长一段时间的沉默之后,没有一只狼愿意跟阿克拉进行殊死搏斗。于是谢里汗咆哮起来:"我们跟这个老掉牙的蠢货纠缠什么?他是注定要死的,而那个人类的小崽子已经活得太久了。自由的兽民们，他最初是我嘴边的猎物，把他还给我，要不然，我就一直在这里猎食，一块骨头也不给你们！"

然后，大多数的狼嚷道："让这个人类的小崽子回到人类中间去，回到村庄去！"

"不！"谢里汗喊道，"把他给我。他是个人，我们当中没有谁能直视他的眼睛！"

阿克拉再次抬起头说："他是我们的兄弟，尽管血统不同。你们休想在这里杀了他！一群不知羞耻的懦夫！下面我提议，我是只将死的狼，因为知道这一点，所以我承诺，如果你们不再为难这个人类的孩子，当我的大限来临时，我不做任何的反抗。这样，也能免除你们杀死无辜兄弟的羞耻，这个兄弟是根据丛林法则才留在狼群的。"

"他是个人！人！人！"狼群嚷道。绝大部分的狼都聚集到了谢里汗的旁边，谢里汗的尾巴已经开始抽打地面了。

"现在就看你的了，"巴吉拉对莫格里说，"我们必须反抗了。"

莫格里笔直地站着，火罐就在他的手里。他伸直了胳膊，面对狼群打了个哈欠，可他是狂躁的，心中满是愤怒和忧伤。因为狼们从没告诉过他，他们这么恨他。

"你们听着，"他喊道，"我将接受你们的指控。不错，我是个人，既然这样，我就不会再叫你们兄弟了，我会像人那样叫你们狼。

你们想干什么或者不想干什么，已经不是你们自己说了算了，是我说了算。我可以让你们看得更明白点。我，作为人类，带来了你们这些狼害怕的红花！"

莫格里猛地把火罐扔到地上，几块烧得通红的木炭瞬间点燃了周围的一片干苔藓，火苗迅速上蹿。在跳跃的火苗面前，所有参加大会的野兽都吓得连忙向后退。

莫格里用力将他看中的那根枯树枝插进火堆。当枯树枝被点着，发出噼里啪啦的爆裂声时，他将枯树枝高举过头顶挥舞着，周围的狼个个心惊胆战。

"你现在是首领了，"巴吉拉低声说，"饶阿克拉不死吧，他一直是你的朋友。"

阿克拉——令人敬畏的老狼，这辈子从没求过饶，这时也可怜巴巴地看着莫格里。

"好吧！"莫格里慢慢地环视四周，说道："我知道你们是狼，所以我要离开你们去自己的同类那里——如果他们真的是我的同类的话。丛林不收留我，我必须忘记你们说过的话，忘记你们曾是我的同伴。"他朝火堆踢了一脚，火星四处迸射，他继续说道，"但是在我走之前，还有一笔账要算。"

他大步走向谢里汗。谢里汗正傻头傻脑地冲着火堆眨眼睛，莫格里一把抓住谢里汗的胡须。巴吉拉紧随其后以防不测。

"起来，你这个贱东西！"莫格里喊道，"当人说话的时候，你就要站起来，不然我就把你的皮毛放在火上烧！"

谢里汗的耳朵紧贴在脑袋上，闭上了眼睛，因为那根燃烧的树枝离他实在是太近了。

"你这个专门杀牛的家伙说要杀了我，因为我小的时候你没能把我杀了。动一下试试，瘸老大，我会直接把这红花塞进你的喉咙。"莫格里用燃烧的树枝敲打着谢里汗的脑袋，老虎害怕得要命，呜呜直叫。

"哈！烧焦的丛林猫，现在滚吧！但是你一定要记得，等下次我再来会议岩的时候，我就要戴着用你的皮毛做的帽子了。至于其他的野兽和阿克拉，你们爱去哪儿就去哪儿，不准杀阿克拉，因为我不同意。现在，都走吧！"

树枝一头的火还在熊熊燃烧，莫格里左右挥舞着，火星烧着狼身上的皮毛，他们号叫着四处逃窜。最后只剩下阿克拉、巴吉拉，还有大概十只支持莫格里的狼。莫格里感到内心有什么东西开始隐隐作痛。有生以来，他从未这样心痛过，他屏住呼吸抽泣着，眼泪滚落在他的脸上。

"这是什么？这是什么？"他问，"我不想离开丛林，我不知道这是什么。我要死了吗，巴吉拉？"

"不，小兄弟，那只是人类的眼泪。"巴吉拉说，"让它们流吧，莫格里，只是眼泪而已。"

然后，莫格里坐在那里开始放声大哭，好像心要碎了一样。出生以来，他还从没哭过。

"我要去人类那里了，"他说，"我必须先跟我的妈妈道别。"

他去了狼爸爸和狼妈妈住的洞穴，趴在狼妈妈身上大哭了一场，其他四只狼崽也哀伤地嚎着。

"你们不会忘了我吧？"莫格里问。

"只要我们还能辨别出你的味道，就能找到你，我们永远都不会忘了你。"狼崽们悲伤地说，"你做人之后，别忘了来山脚下，我们会在那儿跟你说说话，夜里我们会去农场的地里跟你一起玩。"

"早点回来，"狼妈妈说，"我的光屁股的小儿子。听我说，人类的小崽子，我爱你胜过爱我的孩子。"

"我肯定会回来的，"莫格里说，"等我再回来的时候，就把谢里汗的皮铺在会议岩上。不要忘了我，告诉丛林里的伙伴们永远不要忘了我！"

天将破晓，莫格里独自走下山坡，去见那些被称为"人"的神秘动物。

狼孩莫格里

二　西奥尼狼群的狩猎之歌

天将破晓，野鹿高声嘶叫，一声，一声，又一声！

野鹿从进食的丛林池塘一跃而起，一只，一只，又一只。

这是我，独自追踪，一次，一次，又一次。

天将破晓，野鹿高声嘶叫，一声，一声，又一声！

潜伏的狼回来了，一只，一只，又一只，

给等待的狼群带回了消息，

沿着他的踪迹，我们搜寻，我们发现，我们号叫。

一回，一回，又一回！

天将破晓，狼群在号叫，一阵，一阵，又一阵！

脚踩过丛林不留下一点痕迹，

眼睛在黑暗中也能洞察一切，

叫声，让更多叫声融进来吧，听！听！

一遍，一遍，又一遍！

尽情地狩猎

斑点是豹子的快乐，

犄角是水牛的骄傲，

保持清洁吧，

皮毛的光亮展示着猎者的力量。

如果你发现公牛能挑起你，

或者有着沉重犄角的鹿能顶起你，

你不必停止工作来告知我们，

十个月之前我们就知道。

不要欺压陌生的幼崽，

对待他们要像兄弟姐妹一样，

虽然他们弱小，

没准大熊就是他们的母亲。

"没有人能像我一样！"

初次猎杀得手的幼崽骄傲地说，

但丛林是无尽的，幼崽是渺小的，

让他想想并保持安静吧。

三　巴鲁的法则

在莫格里离开丛林之前，有许许多多的故事曾流传在丛林里。

现在，我们要讲的就是莫格里离开丛林之前的故事。那个时候，莫格里还没被赶出西奥尼狼群，他正在跟着巴鲁学习。巴鲁就是那只认真的大块头老棕熊，他一直很高兴，自己有一个如此聪明伶俐的学生。而且他明白，狼崽只需要学习那些适用于狼群的法则就够了，所以他们都是刚学会狩猎之歌就跑开了；但是莫格里作为一个人类的小崽子，需要学习的东西远远多于那些小狼崽们。

黑豹巴吉拉也很关注莫格里，时常会溜达过来，看看他的宝贝莫格里功课学得怎么样了。当莫格里给巴鲁背诵当天功课的时候，他就把头靠在树上，嘴里满意地嘟囔着。

等莫格里精通了爬树、游泳、奔跑这些基本的生活技能后，巴鲁这位老师又教给他树林法则和海水法则。比如说，如何辨别完好的树枝和腐烂的树枝；如何有礼貌地跟其他动物进行交谈，让他们知道你对他们没有威胁。巴鲁还教给莫格里狩猎时和外族交流的呼叫方法，丛林里的兽民在自己的地盘之外狩猎时，要大声重复这种呼叫声，直到有了回应为止。这种呼叫翻译过来类似这样："我饿了，请允许我在这里猎食。"回答是："找吃的就请便，取乐可不行。"

诸如此类的东西莫格里要学很多，而且同样的东西要说上一百多遍。这对于一个人类的小孩子来说，实在是太辛苦了。重复次数多了，莫格里就腻了。

有一次，莫格里不好好学习，被巴鲁打了一巴掌，一气之下跑掉了。后来巴鲁把这事告诉了巴吉拉，他严肃地说："丛林中有因为

狼孩莫格里

年纪小而不被杀的动物吗？没有。所以我必须教会他这些东西，要是他忘了，我就打他，当然只是轻轻地打一下。"

"轻轻地？你知道什么是轻轻地打吗，老铁掌？"巴吉拉心疼坏了，"你轻轻地打一巴掌让他的脸一整天都是瘀青的。"

"把他打得遍体鳞伤，也比不管他结果害了他强。"巴鲁非常诚恳地说，"我现在正在教他学习丛林万能语，这些万能语可以让鸟类、蛇族还有靠四条腿狩猎的动物不去伤害他。当然，其中不包括狼族。只要记住这些万能语，他可以在任何危急时刻向丛林中的任何动物求救。这还不值一顿轻打吗？"

"哦，可你得当心点，别要了人类小崽子的命。那些万能语是什么啊？虽然跟求助相比，我更愿意提供帮助。"巴吉拉稍稍放心了一点，伸出一只脚掌，欣赏着脚掌末端铁青色的爪子，"但我还是想知道。"

"让莫格里告诉你吧。来，小兄弟。"

"你把我的脑袋打伤了，我的脑袋现在还像蜂巢一样嗡嗡响。"带着满腹的牢骚，莫格里非常生气地滑下树干，着地的时候故意加了一句，"我是为巴吉拉来的，不是为你老巴鲁来的。"

"我不介意。"巴鲁说，尽管这话让他有点受伤，"告诉巴吉拉丛林万能语吧。"

"哪族的万能语？"莫格里说，他很乐意展示一下自己的本事，

"对于万能语，丛林中有很多种叫声来表达，哪种我都懂。"

"那么，说说四条腿的狩猎者的万能语吧，大学士。"

"我们是嫡亲，我和你。"莫格里用熊的口音说出了万能语。

"不错！现在说说鸟类的。"

莫格里重复了一遍那句万能语，当然是用鸟族的叫声说的，最后还加上了鸢鹰的叫声。

"现在说说蛇族的。"

莫格里用绝妙的嘶嘶声回答了巴吉拉，然后拍着手夸赞自己。他跳到巴吉拉身上，冲着巴鲁做鬼脸。

"不错，不错，那点瘀青值了。"巴鲁骄傲地说，"面对丛林中的各种意外，你都是安全的了。"

"除了他自己的部落引起的意外。"巴吉拉低声说。

莫格里听到这里马上喊道："所以我应该有自己的部落，整天带着他们在树枝上跑来跑去。"

"树枝？这是个什么新主意，小梦想家？"巴吉拉警觉地说。

"而且我们会朝巴鲁扔棍子和泥巴，"莫格里继续说，"他们已经答应我这么做了。"

"呼！"巴鲁的大爪子一下把莫格里从巴吉拉的背上拉了下来。当莫格里躺在两只熊掌中间的时候，他看到棕熊巴鲁已经生气了，他说："莫格里，原来你一直在跟班得罗格——猴子家族一起玩耍。"

莫格里看了巴吉拉一眼，看他是不是也生气了，而巴吉拉的眼神像翡翠石一样冷。

"你一直跟猴子厮混在一起——那是一群没有规矩的家伙，他们什么都吃。丢死人了。"巴吉拉说。

"巴鲁打伤了我的脑袋，"莫格里说，"我跑了，猴子们从树上下来安慰我。"

"猴子的安慰？"巴鲁叫道，"就是山里的小溪停止流淌了，夏天的太阳冷却了，猴子也不会安慰谁。然后呢，人类小崽子？"

"然后他们给我坚果和好吃的东西，还抱我去树尖上，还说我是他们的亲兄弟，唯一的区别就是我没有尾巴，还说终有一天我会成为他们的首领。"

"他们没有首领，"巴吉拉说，"他们撒谎，他们总是撒谎。"

莫格里不以为然地说："他们非常友好，还邀请我再去玩。为什么从来没有人带我去猴族那里呢？他们像我一样直立行走，他们不用坚硬的爪子打我，他们整天玩耍，还让我站起来！巴鲁，让我站起来！我还要跟他们玩。"

"听着，人类小崽子，"巴鲁咆哮着，声音就像炎热的夜晚响起的闷雷，"我教给你的丛林法则适用于丛林里的所有兽民，但是住在树上的猴子除外。他们没有法则，他们是外来的，他们的方式跟我们的不同。他们没有记性，他们吹牛唠叨，他们没有自己的语言，

035

用的全是偷听来的话，他们假装自己是丛林中无所不能的大家族，可是一颗从树上掉下来的坚果都能转移他们的注意力，他们会哈哈大笑一通，然后转身就忘掉一切。在今天之前，你听我说起过班得罗格吗？"

"没有。"莫格里小声地回答，因为巴鲁说完后森林里面非常安静。

"是啊，因为丛林里的兽民嘴上不提他们，心里更不会想起他们。他们邪恶，肮脏，无耻。我们在丛林里从不跟他们打交道，他们喝水的地方我们不去，他们打猎的地方我们不去——他们去过的地方我们都不去。他们死的地方，我们也不会选择死在那儿。他们渴望得到丛林里其他兽民的注意。但是，就算他们把坚果和泥巴扔到我们的头上，我们也不会看他们一眼……"

巴鲁的话还没说完，坚果、棍子就从树枝间落下来，还有咳嗽声、尖叫声和树枝间愤怒的跳跃声。

"记住，猴子是被禁止跟其他丛林里的兽民交往的。"巴鲁说。

"禁止交往！"巴吉拉也说，"不过我认为巴鲁早该提醒你要提防他们。"

"我？我怎么会猜到他会跟那群脏东西一起玩？"

又一堆坚果和棍棒雨点般落到他们头上。于是，他们两个带着莫格里跑了。

巴鲁关于猴子们的说法一点都不言过其实。他们住在树上，而野兽们很少抬头，猴子和其他丛林里的兽民没有机会到彼此的地盘上去。但是，只要猴子发现生病的狼，或者受伤的老虎，就会折磨他们，朝他们扔棍棒和坚果，以此取乐，希望能引起他们的注意。有时猴子们会胡乱尖叫着，唱一些毫无意义的歌，引诱丛林里的兽民爬上树去与他们格斗，或者他们自己也会平白无故地展开一场恶战，并把战死的猴子扔到丛林里的兽民能看见的地方。没有野兽够得着他们，也没有野兽会去注意他们。正因为这样，当莫格里去跟他们一起玩，并告诉他们巴鲁如何生气时，他们喜出望外。

他们做什么事都不认真——班得罗格说话从来不算数。但是，有一只猴子想出了一个别出心裁的主意。他告诉其他猴子说，莫格里将是个有用的人，因为他会编织树枝挡风。抓住莫格里，就可以让莫格里教他们这项本事。他们说，这一次他们真的要有一个头儿了，真要变成丛林中最聪明的种族了，聪明到任何丛林里的兽民都会被他们的聪明所吸引，其他的兽民会妒忌他们。因此，他们在丛林中悄悄地跟踪巴鲁、巴吉拉和莫格里，直到午休时间。

此时，莫格里睡在黑豹和熊中间，正为自己做的事情感到羞耻。他从猴子们不体面的行为中，察觉到他们不是一个文明的部落，因此他决定再也不跟猴子们玩了。

猴子们一直尾随着他们，趁巴鲁和巴吉拉睡着的时候，猴子们

狼孩莫格里

开始拉莫格里。莫格里感觉到，许多只强壮有力的小手抓住了他的胳膊和腿，然后有一捆树枝挡在了他的面前。透过晃动的树枝，他听到巴鲁一声低吼，打破了森林的宁静。他看到巴吉拉跳上了树干，满嘴的牙都露了出来。班得罗格狂跳着，乱叫着爬上了更高处的树枝，而巴吉拉不敢跟上去。

他们大叫着："他已经注意我们了，巴吉拉已经注意我们了。所有的兽民都欣赏我们的本事和心机。"

然后他们开始飞跃。他们有自己的行走路线，不管上山还是下山，路线都位于离地15到20米，或者30米的高处。通过这些道路，在必要的情况下，他们甚至可以在夜间穿行。两只最强壮的猴子把莫格里夹在胳膊底下，带着他荡过一棵又一棵树，一次六米。如果他们自己行走，速度会是现在的两倍，莫格里的体重严重妨碍了他们的速度。

尽管莫格里头晕恶心，但他还是情不自禁地喜欢上了这种狂奔，喜欢上了从高空俯视地面的感觉。但是他很快就发现，自己是在空中荡来荡去，毫无依托。这让莫格里的心都提到了嗓子眼。他被猛地推到了一棵树上，细树枝嘎吱作响，好像要断的样子；然后又被送到空中，又猛地停下，猴子们用脚把自己悬挂在另一棵树的粗树枝上。树枝和树叶扑打着莫格里的脸。有一段时间，莫格里害怕他们会把自己扔下去，他开始思考怎么摆脱这群肮脏的东西。首先要做的事情，就是给巴鲁和巴吉拉捎信回去，猴子们以这样的速度前进，他知道他的朋友们已经被远远甩在后面了。他抬头看到鸢鹰兰恩正在头顶盘旋，等待着丛林中即将死去的猎物。

兰恩看到猴子们正抓着什么东西，就飞低了三百多米想看个究竟。当看到莫格里正被拖到树顶的时候，他吃惊地叫了起来。他听到莫格里对自己说："我们是嫡亲，你和我。"波涛一样的树枝合拢起来，遮住了莫格里。不过，兰恩飞到了另一棵树的上空，刚好看到那张棕色的小脸又露了出来。

"记下我的踪迹，"莫格里大声喊着，"告诉西奥尼狼群的巴鲁和会议岩的巴吉拉。"

"以谁的名义，小兄弟？"兰恩听说过莫格里，但是之前从来没见过他。

"青蛙莫格里，他们叫我人类小崽子。记下我的路线！"

最后的几个字已经变成了尖叫，因为莫格里正被荡到空中。兰恩点了点头，然后展翅高飞，停留在半空中，用他望远镜一样的眼睛注视着莫格里的护卫们快速向前时树丛的摇摆方向。

"他们绝不会走远，"他大笑着说，"他们向来都干不成想干的事。"

与此同时，巴鲁和巴吉拉气得火冒三丈，急得五内俱焚。巴吉拉爬到了他从来没有到过的高处，细树枝都被他压断了，他只好滑

狼孩莫格里

了下来，爪子里都是树皮。

"你之前为什么不提醒人类小崽子啊？"他冲着可怜的巴鲁咆哮着。巴鲁正笨拙地跑着，一心想追上猴子们。巴吉拉继续咆哮道，"你不提醒他，只把他打个半死有什么用呢？"

"快点，快点，也许我们还能追上他们。"巴鲁气喘吁吁地说。

"以这种速度吗？一头受伤的牛都不会感觉到累。法则课老师——只会打人的家伙，你要安安静静地坐下来，动动脑筋，想个办法，现在不是追赶的时候。要是我们跟得太紧，他们没准会把莫格里扔下来。"

"哦，让我吃黑骨头吧，把我扔到野蜂窝里面，让野蜂把我蜇死吧，我这只最倒霉的熊！哦，莫格里，为什么我没有提醒你不要靠近猴子，却打你的头啊？"

"好了，至少莫格里聪明伶俐。最重要的是，莫格里有一双让丛林里所有的兽民都害怕的眼睛。但莫格里现在被班得罗格控制，他们住在树上，有恃无恐，根本不把我们放在眼里。"巴吉拉若有所思地舔着一只前爪。

"等等，我真傻。"巴鲁猛地展开身子，说道，"一物降一物，猴子们害怕岩石蛇卡奥。他攀爬的能力跟猴子不相上下。他常在晚上偷小猴子，只要他小声说出自己的名字，就会让猴子们淘气的小尾巴冰凉。咱们去找卡奥吧。"

"他能为我们做什么？他不是我们部落的成员，他没有脚，但有最邪恶的眼睛。"巴吉拉说。

"可是他老奸巨猾，最重要的是，他经常饥肠辘辘，"巴鲁满怀希望地说，"许诺给他些山羊就好办了。"

他们找了一段时间，终于发现卡奥正躺在一块温暖的岩石上晒太阳。他那长着迟钝鼻子的大脑袋在地上晃来晃去，近十米长的身体拧成了奇形怪状的结。卡奥舔着嘴唇，幻想着近在眼前的美餐。

"他还没有吃饭。"巴鲁松了一口气说，"当心，巴吉拉，他看到我们可能会吃惊，然后会快速攻击我们。"

卡奥不是毒蛇，事实上他鄙视毒蛇，认为他们是胆小鬼。他的强大力量在于用身体紧缠住对手。一旦他那巨大的身躯把谁缠了几圈，就什么都不用说了。

"狩猎愉快！"巴鲁喊道。

跟所有其他的蛇一样，卡奥的听力一点都不敏锐，起初都没听见那声招呼，他只是在蜷起身子以防不测时，才低下头看到了熊和黑豹。

"愿我们大家都狩猎愉快。"他回答说，"哦，巴鲁，你怎么到这儿来了呢？狩猎愉快，巴吉拉。我们当中至少有一个需要食物，有猎物的消息吗？我的肚子空得像一口枯井。"

"我们正在狩猎。"巴鲁漫不经心地说。巴鲁知道千万不能逼卡奥，也不能催他。因为他实在是太强大了。

"请允许我跟你们一起吧！"卡奥说，"你们这些家伙一定经常有吃的，我却不得不等上好多天，才能偶尔逮到一只猴子。现在的树枝也跟我年轻时候的不一样了，都是枯树枝。"

"这跟你的重量有关。"

"嗯，我是比较重，"卡奥有点得意地说，"可是尽管如此，还是要怪那些新长的树枝不结实。上次捕猎的时候，因为我的尾巴没有缠紧树干，险些摔下来，好险啊。而且往下滑的时候，弄得惊天动地，把猴子们吵醒了，结果他们把我骂惨了。"

"啊，是的，猴族，我曾经听他们非常粗鲁地说起你。"巴吉拉说，"他们提到你的时候，说你是没有脚的黄蚯蚓。"

"嘶嘶，他们竟然敢这么称呼我？"卡奥问道。

蛇，尤其是像卡奥这样老的蛇，很少表露他的愤怒。但是，巴鲁和巴吉拉看到卡奥喉咙两边的肌肉一阵阵地波动膨胀。

"班得罗格挪窝了，"他平静地说，"我今天出来晒太阳的时候，听到他们在树上胡乱喊叫。"

"那正是我们在追班得罗格……"巴鲁说，可是后面的话又被他吞下去了，因为在他的记忆里，自己对猴子们感兴趣是头一回。

"这样两个猎手追班得罗格，毫无疑问，绝不是小事。"卡奥一边说，一边好奇地把身子鼓了起来。

狼孩莫格里

"那些偷吃坚果、摘棕榈叶子的猴族，偷走了我们的人类小崽子——你可能听说过那个人类小崽子。"巴吉拉解释说。

巴鲁说："他可是你从来没有见过的，是人类小崽子里面最优秀、最聪明、最勇敢的。我——我们，都喜欢他，卡奥。"

"嘶嘶——"卡奥摇头晃脑地说，"我也知道喜欢是怎么回事。"

"我们的人类小崽子现在在猴子们手里。而且我们也知道，在所有丛林里的兽民中，班得罗格只怕你卡奥。"巴吉拉补充道。

"他们是有理由害怕的，"卡奥回答道，"愚蠢虚荣的猴子们。那个人模人样的家伙落在他们手里可不算走运。他们扔坚果扔腻了，也许会把他扔下来。你说他们叫我黄鱼？"

"黄蚯蚓——地里的虫子。"巴吉拉回答说。

"我们必须警告他们，不能说主人的坏话。现在，他们带着人类小崽子去哪里了？"

"这个就只有丛林知道了，不过我相信他们是朝着日落的方向跑了。"巴鲁说，"我们还以为你知道呢。"

"我怎么知道？他们要是来我这里，我就吃掉他们。但是我不会出去捉班得罗格。"

"上面！上面！向上看，西奥尼狼群的巴鲁！"

巴鲁抬起头来，想知道声音是从哪里传来的。他看到鸢鹰俯冲了下来。

"什么事啊？"巴鲁问。

"我看到莫格里在班得罗格中间，他让我带话给你们。班得罗格已经带着他越过小河去猴子城——冷窝了。他们也许会在那里待一个晚上，也许十个晚上，也许一个小时。我已经告诉蝙蝠，从天黑到天亮这段时间，要密切注视他们了。这就是我送来的信息。狩猎愉快，下面的朋友。"

"祝你吃得饱睡得香，兰恩。"巴吉拉喊道。

"那个孩子说了万能语，因此我肯定要照做的。"鸢鹰兰恩盘旋着飞向他的鸟窝。

"他没有忘记使用他学到的语言。"巴鲁得意地大笑起来。

"这一点已经深深地印在了他的脑子里，"巴吉拉说，"我为他感到骄傲。现在，我们必须去冷窝。"

他们都知道冷窝的具体位置，但是丛林里的兽民很少去那里，因为所谓冷窝，就是一座淹没在丛林中的荒城，而野兽们很少涉足人类曾经居住过的地方。动物们只有在干旱季节才会踏足那里，那里有些残破不全的水槽和蓄水池，里面会有一点水。

"全速前进的话，到那里只需要半个晚上。"巴吉拉说。

巴鲁看起来很严肃，他忧心忡忡地说："我会尽可能走快点。"

"我们不能等你了。理解一下，巴鲁，我们必须加快脚步，卡奥和我。"

"不管有没有脚，我都能赶上你们四条腿的。"卡奥简短地说。

巴鲁努力加快速度，可还是累得不得不喘着粗气坐下来。所以他们只好丢下他，让他稍后赶上来。

巴吉拉以豹子的速度向前奔跑，卡奥一声不吭，始终与巴吉拉齐头并进。他们来到一条小河旁，巴吉拉比卡奥抢先一步过了河，因为他是跳过去的，卡奥则是游过去的。但是，一到了平地上，卡奥又赶了上来。

"我对着解放我的那把破锁起誓，"夜幕降临的时候，巴吉拉说，"你的确爬得很快。"

"我饿啦。"卡奥说，"再说，猴子们竟然叫我花斑青蛙。"

"是虫子——黄蚯蚓。"

"都是一回事。咱们继续走吧。"卡奥沿着路面向前腾挪，用他那双冷冷的眼睛辨别最近的路。

到达冷窝的猴子们把莫格里抛到了脑后，开始自娱自乐起来。

在这里，莫格里见到了以前从来没有见过的印度的城池，虽然几乎是一座废墟，但是看起来仍然很壮观。某个国王在很久以前建造了这座城池。通向坍塌城门的石砌大道依稀可见，门上仅剩的几块木头悬挂在锈迹斑斑的合页上。树木穿透了城墙，城墙已经坍塌，变得凌乱不堪了。野葡萄藤从高塔的窗户里长出来，悬挂着，像一个个绿色帐篷。

猴子们把这里叫作他们的城堡，而且还自视清高，看不起丛林里的其他兽民，因为他们只能住在森林里。

他们常常在国王的议政厅里围坐成一圈，假扮成人，却捉着自己身上的虱子；他们常常成群结队地厮打、喊叫，然后又散开，在花园的平台上上蹿下跳；他们曾踏足过宫殿里所有的过道和地道，也到过许许多多的小黑屋子，但是他们从来不记得自己看到过什么，或有没有看到过什么；他们在水池那里喝水，把水弄得脏兮兮的，还打水仗；他们在城池里玩腻了之后，就又爬到树上，希望丛林里的兽民会注意到他们。

丛林法则调教出来的莫格里不喜欢也不理解这种生活方式。下午时分，猴子们把他拖到冷窝，坚决要看他是如何把棍棒和藤条编织在一起的。所以莫格里捡了一些野葡萄藤，开始进行编织。猴子们都试着模仿，但是没几分钟他们就失去了兴趣，开始扯同伴的尾巴，或者四肢着地，嘴里咳嗽着，上蹿下跳。

"我想吃东西，"莫格里说，"我不是这个地方的主人，所以你们得给我食物吃，要不就让我在这里捕猎。"

二三十只猴子跳开了，去给莫格里摘果子。但是他们在半路上就打了起来，费了好大的劲，才把仅剩的一点果子拿了回来。

莫格里肚子饿，身上疼，心里恼，他在空城里走来走去，一次又一次发出允许陌生的野兽狩猎的呼叫，但是没有得到任何回应。

莫格里感觉他真是到了一个糟糕透顶的地方。

"巴鲁说的那些关于班得罗格的话全是真的。"莫格里心想,"他们不可信,我必须靠自己的努力,回到自己的丛林里去。巴鲁肯定会打我。但是,也总比跟着班得罗格追逐那些愚蠢的玫瑰叶子要好得多。"

他还没走到城墙边,猴子们就把他拉了回来,对他说,不要身在福中不知福。他们掐着莫格里让他道谢,莫格里咬紧牙关,一声不吭,跟随着大呼小叫的猴子们来到了一个平台上。平台下是一个用石头砌成的蓄水池,里面有半池雨水。

每次都有20只猴子轮番上来,异口同声地告诉莫格里,他们有多么伟大、多么聪明、多么强大、多么文雅,而莫格里想要离开他们的想法又是多么愚蠢透顶。尽管莫格里又疼又困又饿,可还是忍不住大笑了起来。

莫格里心想:"这些家伙肯定是被塔巴奇咬了,所以都疯了。可是他们都不睡觉的吗?现在有一块云彩把月亮遮住了,如果云彩足够大的话,我就可以趁着黑夜逃跑了,可是我累得要命。"

在城墙下废弃的沟渠里,莫格里的两个朋友也在盯着这块云彩看。巴吉拉和卡奥很清楚,大量猴子聚集在一起有多危险,所以不敢轻易冒险。他俩决定,只能智取。

"我去西墙,"卡奥悄悄地说,"利用对我有利的斜坡迅速滑下去。他们不会成百上千地压到我身上。"

"我懂，"巴吉拉说，"巴鲁要是在这儿就好了，但是我们必须尽力而为。当那块云彩遮住月亮时，我就去平台那儿。他们正在那里开会呢，商量着莫格里的问题。"

"狩猎顺利！"卡奥说着便往西墙滑去。那是一面还算完好的墙。大蟒蛇耽误了好一会儿，才爬上石头找到了一条路。

云彩遮住了月亮，正当莫格里在想下一步会发生什么事时，他听到了平台上巴吉拉轻轻的脚步声。黑豹几乎是悄无声息地冲上了斜坡，对围坐在莫格里周围的猴群左右开弓。围坐着的猴子们有五六十只，他们发出了一阵愤怒和害怕的号叫声。巴吉拉踩着乱滚乱踢的猴子轻快地跑着，一个猴子突然大喊一声："只有一只黑豹，杀了他！杀了他！"

一大群猴子冲了过来，又咬又抓又撕又拉，把巴吉拉团团围住。还有五六只猴子抓着莫格里，把他拖上了高墙，并将他从破旧的圆房顶的洞里推了下去。

"待在这里，"猴子们喊道，"等我们结果了你的朋友，再回来跟你玩——如果那些毒民还让你活着的话。"

如果莫格里是一个在人类中间长大的孩子，肯定会被摔得皮开肉绽，因为他可是从足足五米高的地方摔下来。但是，莫格里受过巴鲁老师的严格训练，因此，当他双脚落地的时候，稳稳地站住了。

他看到了大量的眼镜蛇聚集在此。

"我们是嫡亲，我和你。"莫格里说，并且快速地发出了蛇族特有的声音。接着，莫格里听到他周围的垃圾中传来了嘶嘶声和沙沙声，于是他又发出了蛇族特有的声音，以确保安全。

"都收起你们的兜帽（编者注：当眼镜蛇处于兴奋状态下，特殊的颈部肌肉会形成一个"兜帽"状膨胀结构，明显地将头部变大）吧！"六个低沉的声音说（在印度，每一处废墟都迟早会成为蛇的住所，破旧的房子里都住满了蛇），"站着别动，小兄弟，你的脚可能会伤到我们。"

莫格里尽量站着不动，透过石窗凝视着外面，倾听着黑豹身边的激战声。猴子们喊叫着，唠叨着，扭打着，巴吉拉声音深沉而嘶哑地咳嗽着，因为一堆又一堆的猴子压在了他身上，他只能一个劲儿地顶啊，摔啊，扭啊，冲啊。这是他出生以来第一次舍命搏斗。

"巴鲁肯定马上就到，巴吉拉不会独自来的。"莫格里心想。然后莫格里大声叫起来："去水池那里，巴吉拉！向水池那里冲，钻到水里去！"

巴吉拉听到了莫格里的呼喊，知道他是安全的，顿时勇气大增，他拼命杀出一条血路，一点一点地往水池靠近。这时，离丛林最近的破墙那里传来了巴鲁参与战斗的声音，这只老熊终于到了。

"巴吉拉，"他喊道，"我来了！我在爬，石头在我脚下打滑！

等着，我来了！"

　　他气喘吁吁地爬上平台，立刻被潮水般涌来的猴群淹没了，于是他干脆一屁股坐在地上，张开前爪，尽可能多地抱住猴子往怀里搂，然后有节奏地噼里啪啦打了起来，好像螺旋桨打水的声音。

　　先是砰的一声，然后又是哗啦一声，这些声音告诉莫格里，巴吉拉已经杀出重围，跳进了猴子们根本进不去的水池中。巴吉拉喘了口气，脑袋刚好露出水面。他看到猴子们在台阶上站了三层，愤怒地上蹿下跳，如果他敢去救巴鲁，猴子们随时准备从四面八方扑向他。这一刻，巴吉拉抬起他滴着水的下巴，绝望地发出呼救声，向蛇族求救——"我们是嫡亲，我和你。"他不相信卡奥会在最后一刻逃跑。

　　在平台边缘的巴鲁被猴子们压住了半个身子，尽管被压得透不过气，但是听到巴吉拉的求救声，他还是忍不住笑了起来。

　　卡奥此时还在爬西墙，他猛地扭动了一下身体，一块被压碎的石头滚到了沟里。他不想失去任何地面优势，所以一次又一次地盘起又展开，以确保长长的身体上的每一寸都能派上用场。

　　蝙蝠曼恩把这次大战的消息传遍了整个丛林。远处零散的猴群听到这个消息后，马上跳上树枝，前去支援冷窝的同伴。整个丛林都被这震耳欲聋的喊杀声惊醒了。

　　此时，卡奥快速地直立起来，愤怒地展开了厮杀。蛇的战斗力

狼孩莫格里

在于灵活驾驭头部进行迅速击打，而头部的力量来自于全身的力量和重量。对一条一两米长的蛇来说，如果正好击中人的胸部，他可以把人击倒，但你要知道，卡奥有近十米长。他给围住巴鲁的猴群的正中央来了第一击，已经用不着第二击了。因为猴子们四处逃窜，大喊着："卡奥，是卡奥！快跑啊，快跑啊！"

一代又一代的猴子们，一听到长辈讲述关于大蟒蛇卡奥的故事，就会被吓得浑身发抖。卡奥这个恐怖的恶魔，能像苔藓生长一样，悄无声息地沿着树枝滑行，把住在那里的最强壮的猴子偷走。所以，猴子们非常恐惧，都逃窜到墙上和屋顶上去了。巴鲁长长地舒了一口气，虽然他的皮毛比巴吉拉的厚得多，但在战斗中他还是遭了不少罪。

卡奥第一次张开了大嘴，发出了长长的嘶嘶声。匆匆忙忙远道而来准备支援的猴子们，因为害怕都待在原地，像被冻住了一样，直到身下的树枝发出断裂声。墙上和空房间里的猴子们都停止了喊叫。周围一片寂静，莫格里听到巴吉拉从水池里爬了出来，抖了抖湿漉漉的身体。

紧接着，又传出了阵阵嘈杂声。猴子们跳到了更高的墙上，他们攀着石头雕像的脖子，尖叫着在高墙上跳来跳去。莫格里在房子里手舞足蹈，眼睛盯着雕像，从前齿间发出"呼呼"的声音，表示他的愤怒和蔑视。

"把莫格里从陷阱里弄出来,我动弹不了了。"巴吉拉喘着气说,"我们带上他赶紧走,他们也许还会发起攻击。"

"没有我的命令他们是不会动的。待在原地!"卡奥嘶嘶地叫着,整座城池再次安静下来,"人类小崽子在哪里呢?"

"在这里呢,陷阱里。我爬不出去。"莫格里喊着,他头顶上方就是破圆顶的圆弧边。

"带他走。他跳舞时跟孔雀一样,会踩到我们的小蛇的。"屋里边的蛇说道。

"哈!"卡奥大笑着说,"他到处都有朋友,这个小崽子。人类小崽子后退,毒民们藏起来,我要打破这堵墙。"

卡奥仔细地察看着,发现石窗上有一条裂缝。他用脑袋轻轻地碰了两三下估算距离,然后立起身来,鼻子朝前,猛撞了六下。

石窗轰然倒下,顿时灰尘滚滚,瓦砾四溅。莫格里从开口处跳了出来,扑到了巴鲁和巴吉拉中间,张开双臂抱住了他们的大脖子。

"你受伤了吗?"巴鲁抱着他轻声问道。

"我浑身酸痛,饥饿难耐,身上青一块紫一块的,他们可把我作践苦了。可是,哦,他们竟然这么粗鲁地对付你,我的兄弟!你流血了。"

"他们也死伤不少。"巴吉拉看了看平台上和水池周围死去的猴子,舔了舔嘴唇说道。

"只要你安全回到我们身边就好。哦,你是我的骄傲,小青蛙!"巴鲁说。

"这件事情以后再说。"巴吉拉用一种干涩的声音说,莫格里一点都不喜欢这种语调,"这是卡奥,这次战斗多亏了他。用我们的习惯谢谢他,莫格里。"

莫格里转过身,看到他头顶上方30厘米处有一条大蛇正在那里摇头摆尾。

"这就是那个人类小崽子了,"卡奥说,"他的皮肤真柔软啊,跟班得罗格有着天壤之别。小心了,人类小崽子,别让我哪天晚上把你错当成猴子了。"

"我们是嫡亲,我和你。"莫格里回答道,"今晚你救了我的命,以后我的猎物就是你的猎物,哦,卡奥。"

"多谢啦,小兄弟。"卡奥说着,眼睛里熠熠生辉,"那么,勇敢的猎人,下次外出会猎到什么呢?"

"我什么都不杀——我太弱小了——但是我可以追赶山羊。如果你肚子饿了就来找我,看我是不是在信口雌黄。在这些方面,我有某种特殊的技巧。"他伸出手,说,"如果哪天你掉进了陷阱,我一定竭尽全力救你,还可以救巴鲁和巴吉拉。狩猎愉快,我的恩公们。"

"说得好。"巴鲁评价道。

卡奥把脑袋轻轻地靠在莫格里的肩膀上停歇了片刻。"胆子真大，嘴巴也甜，"他说，"小家伙，这些优点能带你穿过丛林去很远很远的地方。但现在还是快跟你的朋友们一道走吧，去睡觉吧。月亮落下去了，接下来的事情你不宜观看。"

月亮渐渐沉到山后去了，墙头上成排的猴子在瑟瑟发抖，他们挤作一团，看起来就像几团晃动的影子。巴鲁去水池边喝水，巴吉拉开始整理自己的皮毛，而卡奥滑行到平台中央，啪的一声把嘴巴合上，惊得猴子们都把目光投向了他。

"月亮下山了，"他说，"这光线还充足吗？"

从墙上传来一丝呻吟声，好像微风拂过树林。"我们看得见，哦，卡奥。"

"好，现在开始跳舞——卡奥的饥饿之舞。站着别动，看吧。"

卡奥先把脑袋左右摇摆，转了两个大圈，把头从右边晃到左边，然后，又把身体绕成圆圈和"8"字形，接着又是三角形，之后变成正方形和五边形。他把自己一圈圈地堆起来，不急不缓，始终哼唱着。天色越来越暗，最后，拖动变换的盘圈消失了，但是猴子们仍能听到鳞片摩擦发出的沙沙声。

巴鲁和巴吉拉像石头一样，一动不动地站着，喉咙里隆隆作响，脖子上的毛竖立着。莫格里看着这一切，大为不解。

"班得罗格，"最后卡奥发话了，"没有我的命令，你们能随便动你们的手脚吗？说！"

“没有您的命令，我们的手脚都动不了，哦，卡奥。”

“好，统统向我靠近一步。”

猴子的队伍无可奈何地向前走了一步，巴鲁和巴吉拉也跟着他们艰难地往前挪了一步。

“再近些！”卡奥嘶嘶地喊着。于是，猴子们又全体移动了一次。

莫格里一手抓住巴鲁，一手抓住巴吉拉，把他们俩拉回来，这两只巨兽才猛然惊醒。

“用手抓紧我，”巴吉拉低声说，“抓紧点，不然我肯定会走回卡奥那里。”

“只不过是老卡奥在土里转圈而已，”莫格里说，“我们走吧！”

他们三个从墙上的裂口溜回了丛林。

“哇哦！”当他们再次站在丛林中寂静的树下时，巴鲁说，“我再也不跟卡奥结伙了。”

“确实，”巴吉拉说，“如果我再在那里多待一会儿，我肯定就走到卡奥的喉咙里去了。”

“月亮再次升起之前，许多动物都会经过那条路。”

“但是，这到底意味着什么呢？”莫格里问道，因为他对蛇的魔力一无所知，“我就看到一条蛇在那里傻傻地转圈，一直转到天黑。他的鼻子都破了，哈哈！”

“莫格里，”巴吉拉生气地说，“他的鼻子破了是因为你，我的耳朵、肚子、爪子，还有巴鲁的脖子、肩膀之所以被咬，也都是因为你。巴鲁还有我，在很长一段时间内都不能痛痛快快地捕猎了。"

"那没什么，"巴鲁说，"我们的莫格里回来了就是最好的结果。"

"没错，可是他浪费了我们太多本来可以好好捕猎的时光。我身上的毛被拔掉了好多，而且我丢了脸，因为我不得不向卡奥求救。巴鲁和我还都被饥饿之舞弄得跟只笨鸟一样。所有这一切，都是因为你，因为你跟班得罗格在一起鬼混。"

"是的，"莫格里悔恨地说，"我是个坏孩子，我心里好难过。"

"哦，丛林法则怎么说来着，巴鲁？"

巴鲁不想给莫格里带来任何的麻烦，可是，他又无权改变法则。于是，他说："悔恨不能成为推迟惩罚的理由。但是你别忘了，巴吉拉，他还很小呢。"

"我知道，但是他已经很淘气了，现在必须给他教训。莫格里，你还有什么要争辩的吗？"

"没有，我做错了，巴鲁和你都因我受了伤。我该打。"

巴吉拉给了莫格里在黑豹看来很慈爱的六巴掌，但是，对一个七岁的孩子来说，这无异于一顿毒打。

惩罚完毕后，莫格里打了个喷嚏，默默地站了起来。

"现在，"巴吉拉说，"跳到我背上来，小兄弟，咱们回家。"

丛林法则的好处之一就是，惩罚了，所有的错误就都一笔勾销。

莫格里趴在巴吉拉的背上，睡得又香又沉。所以，当他被送回洞里，巴吉拉把他放在狼妈妈身边时他都没醒。

四 班得罗格的行路之歌

让我们坐上荡起的花彩秋千，

荡到半空飞向妒忌的月亮，

难道你不羡慕我们欢腾的队伍吗？

难道你不渴望你有多余的手掌吗？

难道你不喜欢吗，

如果你的尾巴能够——

弯成丘比特之剑的弧度？

呦，你生气了，但是——没关系，

兄弟，你的尾巴还在身后低垂。

让我们走在树叶茂盛的小路，

回想我们记忆中美好的事情，

憧憬我们将来的功绩，

那些宏伟明智而愉快的事情，

仅仅因为我们能够想象，

眨眼之间，就能实现！

我们已经忘记，但是——没关系，

兄弟，你的尾巴还在身后低垂。

我们曾经听过无数的交谈，

蝙蝠或者野兽或者鸟类之间的——

有毛的有皮的有鳞片的有羽毛的——

赶快行动起来吧，一起交谈！

好极了！棒极了！再来一次！

现在我们正在像人类一样交谈，

让我们假装我们是人类——没关系，

兄弟，你的尾巴还在身后低垂。

这是猴族的方式。

加入我们跳跃的队伍穿过丛林吧，

高高地轻快地飞跃，让野葡萄来回摇摆，

凭借我们守夜时制造的垃圾，

凭借我们发出的高贵的叫声，

相信吧，相信吧，我们将要做绝妙的事情！

五　老虎！老虎！

狩猎的情况怎么样，大胆的猎手？

兄弟，守望漫长而又寒冷。

你猎杀的猎物怎么样？

兄弟，他还藏在丛林中。

让你骄傲的力量去哪里了？

兄弟，它已从我的肋骨和身体里消逝。

这么匆匆要去哪里？

兄弟，我要回家——等待死亡。

　　现在，我们必须回到第一个故事。当莫格里在会议岩大战狼群离开狼穴后，他去了村民居住的农田。但是，他不能在那里久留，因为那里离丛林太近了，他知道自己在狼群大会上结下了不少死敌。他匆匆前往沿着山谷而下的崎岖的大路，然后沿着它稳稳地慢跑了几乎十千米，直到来到一处他不熟悉的地方。山谷变成了一片广袤的平原，上面岩石星罗棋布，溪流纵横交错。

　　平原的一头是一个小小的村庄，另一头是茂密的丛林。丛林绵延到牧场，在那里戛然而止，好像被斧头砍断了一样。平原各处都有牛群。几个放牛娃一看到莫格里便大喊一声，撒腿就跑，在印度各地的村庄里闲逛的黄毛野狗也叫了起来。莫格里继续往前走，因为他感到饥饿难耐，当他到达村口的时候，看到荆棘丛被推到了一边——荆棘丛一般在日落时才被竖起来，用来挡住村口。

"哼！"他说，因为他在夜晚游荡时，不止一次碰到过这样的障碍物，"看来这里的人类也害怕丛林里的兽民。"

他在村口坐下来。有一个男人从村里走了出来，于是莫格里站起来张开嘴，用手往嘴里指了指，表示他要吃东西。这个男人盯着他看了看，然后顺着村里唯一的街道往回跑，大声叫着神父。

神父是一个大个子。他看起来胖胖的，穿着白衣服，前额上有红黄的标记。神父来到村口，后面最少跟着一百人。他们盯着莫格里看，对他指指点点，你一句我一句地大声喊着什么。

"这些人类真没有礼貌，"莫格里自言自语，"他们无异于猴子。"于是，他把黑黑的长发甩到脑后，对着人群皱起了眉头。

"这有什么可怕的？"神父说，"大家看看他胳膊和腿上的痕迹，都是狼咬的，他只不过是丛林里跑出来的狼孩而已。"

以前，狼崽们和莫格里一起玩的时候，经常用嘴夹着他，一不小心把他咬伤了，所以他的胳膊和腿上到处都是泛白的伤疤。可是，莫格里从来不把这些叫作咬伤，因为他知道真正的咬意味着什么。

"可怜的孩子！"两个妇人叫了起来，"他是个漂亮的孩子。他的眼睛像红色的火苗。我发誓，米苏拉，他跟你那被老虎叼走的孩子一模一样。”

"让我看看。"一个手腕和脚踝上都戴满了沉甸甸的铜镯子的女人说道，她用手遮住刺眼的阳光，仔细打量着莫格里，"确实，他虽然瘦点儿，不过他长得跟我的孩子一模一样。"

神父是个聪明的人，他知道米苏拉是当地最有钱的村民的老婆。所以，他抬头向天空看了一会儿后，严肃地说："丛林带走的，丛林又送回来了。把孩子带到你家去吧，我的姐妹。"

"我对赎我的那头牛发誓，"莫格里在心里说，"所有的谈话都像另一次部落确认！好吧，如果我是人，我就必须做一个名副其实的人。"

妇人让莫格里跟她去自己的小屋，人群也就散开了。她给莫格里拿来了一大杯牛奶和一些面包，然后把手放在莫格里的头上，盯着他的眼睛打量，因为她寻思，也许这个孩子真的是自己被老虎叼到丛林里去的儿子。她的儿子现在又回来了。于是她说："那索，哦，那索。"

莫格里看起来并不知道这个名字。

"难道你不记得我给你新鞋子的那天了吗？"她摸了摸莫格里的脚，发现硬得像犄角一样。

"不，"她悲伤地说，"你的脚从来没有穿过鞋子，但是你真的非常像我的那索，你做我的儿子吧。"

莫格里感到浑身不自在，因为之前他从来没有在屋里待过。

"做人有什么好的？"他嘀咕起来，"我连人话都听不懂。看来我非学他们的语言不可了。"

所以，只要米苏拉发一个音，莫格里马上就学，而且往往学得分毫不差。不到天黑，他已经学会了叫小屋内许多东西的名字。但是睡觉成了一件麻烦的事情——他睡不着，因为这间小屋看起来极像陷阱。所以，等他们关上了门后，莫格里就从窗户钻了出去。

"随他去吧。"米苏拉的丈夫说，"你要知道，他从来没有在床上睡过。如果他真的是被送回来代替我们的儿子的，他就不会逃跑。"

于是，莫格里在田边一块干净的草地上，伸展四肢仰面躺了下来。可是他还没闭上眼睛，一个柔软的灰色鼻子就拱了拱他的下巴。"哦，什么味儿啊！"灰兄弟（他是狼崽中最大的一只）说，"追了你十千米，落得这个结果，真不是什么好事。你身上都是篝火和牛群的味道。醒醒，小兄弟，我带来了消息。"

"丛林里的大伙儿都还好吗？"莫格里拥抱着他问道。

"除了被红花烧到的狼，大家都挺好。好了，听着，谢里汗到很远的地方打猎去了，要等到皮毛都长好了他才回来，因为他的烧伤很严重。他发誓说，等他回来后一定要把你的骨头埋在韦根加河畔。"

狼孩莫格里

"我也许了一个小小的诺言。不过，有消息总归是好事，今晚我累了，灰兄弟。你要记得常常带消息给我啊。"

"你不会忘了自己是只狼吧？人类不会让你忘记这一事实吧？"灰兄弟焦虑地问。

"永远不会。我会永远记得我爱你，我爱大家。可是我也会记得我已经被狼群赶出来了这个事实。"

"也许你还会被人类赶出来的。人终归是人，小兄弟，他们说的话就跟池塘里青蛙的叫声一样。等我下次再下山，我就在田边的竹林里等你。"

从那晚之后，有三个月，莫格里几乎没离开过村庄的大门，他忙着学习人类的生活方式和生活习惯。

首先，他要学习如何在身上穿块布，这让他非常恼火；然后，他得学习认钱，这个东西他一点都不懂；还要学习耕种，他看不出这有什么用处。还有村里的小孩，经常让他火冒三丈。好在丛林法则教会了他如何耐住性子。当他们取笑他不会玩游戏、不会放风筝，或者发错了某个音时，他会想杀死这些赤身裸体的小崽子，但又想到这不是光明正大的行为，所以他才没有抓起他们，把他们撕成两半。

他对自己的力气所知甚少。他只知道在丛林里，与其他野兽相比，他没多大劲；但是在村庄里，人们都说他壮得像头牛。

莫格里也不知道那个年代的人与人之间存在着等级的差别。所以，当制陶人的驴子滑进土坑时，莫格里就抓着它的尾巴，把它拉了出来，还帮忙把陶器堆起来，好让制陶人拉到最近的城镇市场上去卖。这是非常让人震惊的举动，因为制陶器的人是个贱民，他的驴子就更卑贱了。但是，当神父责怪莫格里的时候，莫格里便威胁说要把神父也放到驴子上去。于是神父告诉米苏拉的丈夫，说最好尽快打发莫格里去干活。村庄的头人告诉莫格里，让他第二天就跟着牛群去放牧。莫格里高兴极了。因为他已经被指派做村里的活计，所以当天晚上他去参加了聚会，这种聚会每晚都在一棵大果树下的平地上举行。这是村民俱乐部，村中首领、保安、知道村里所有闲话的理发师，还有村里的猎户——有一支枪的老人布尔迪拉，都会来这里聚会、抽烟。老人们在树下围坐成一圈，讲一些关于神、人和鬼的精彩故事，布尔迪拉还经常讲一些精彩的有关丛林兽类的故事。坐在圈外的小孩们听得眼珠子都快掉下来了。绝大多数的故事都是关于动物的，公鹿和野猪经常吃掉他们的庄稼，老虎也时不时地在晚上把人拖走。因为丛林就在他们家门口。

　　莫格里对他们讲的东西自然是了如指掌的，他常常遮住脸，不让人们知道他在偷笑。布尔迪拉把枪放在膝盖上，讲着一个又一个的精彩故事，莫格里却笑得双肩不停地抖动。

　　布尔迪拉说拖走米苏拉儿子的那只老虎是一只鬼虎，说有个死

狼孩莫格里

了好几年的人的鬼魂——他生前是个恶毒的放债糟老头，就附在这只老虎身上。

"我说的是真的，"他说，"因为自从那次在暴乱中挨了打，他的账本也在那时被烧了，所以他走路就总是一瘸一拐的。我说的那只老虎也是一瘸一拐地走路，从他那不匀称的爪印就可以得知。"

"对，对，肯定是真的。"老人们一起点着头说。

"所有的故事都是这样瞎编乱造出来的吗？"莫格里说，"那只老虎瘸腿是因为他一出生就是瘸的，这事大家都知道。"

布尔迪拉大吃一惊，一时语塞，村里的头人也瞪大了眼睛。

"啊，原来是丛林里来的臭小子，是吧？"布尔迪拉问，"如果你那么聪明，你就带着他的皮去卡里瓦拉吧，政府正悬赏一百卢比要他的命呢。如果你做不到，那么当长辈说话的时候，你就给我闭嘴。"

莫格里站起来，准备离开时，心说："我躺在这里听了一晚上了，应该表达一下自己的看法。"他回头朝着众人喊道："布尔迪拉讲的丛林故事，除了有一两个是真的，其他的都是信口雌黄。丛林可就在他的家门口。"

"这孩子真该去放牧了。"头人说。

布尔迪拉被莫格里的大胆无礼气得呼哧呼哧地直喘粗气。

印度的大多数村子都有个习惯，就是派几个孩子在大清早赶着牛群出去吃草，晚上再把它们赶回来。那些牛能把人踩成肉泥，却会乖乖地让那些还够不到他们鼻子的孩子们打骂和欺负。这些孩子只要跟牛群在一起就是安全的，因为即使是老虎，也不敢袭击一大群牛。可是如果孩子们乱跑，去摘花，或者去猎捕小动物，他们就有可能会被老虎叼走。

天刚蒙蒙亮，莫格里就骑在大水牛拉玛的背上，穿过村里的街道。牛儿们一头接一头从牧场里走出来，跟在莫格里后面。莫格里非常明确地告诉其他牧童他是首领。他用一根又长又光溜的竹竿赶着牛群，并告诉一个叫卡米奥的男孩，叫他们自己去放牧牛群，并告诉他们要非常小心，别离开牛群。而莫格里则继续骑着大水牛前行。

大水牛一般都待在水池和泥沼里。它们躺在温暖的泥巴里面，一待就是好几个小时。莫格里把水牛赶到平原的边上，那里是韦根加河通向丛林的地方。然后，他从拉玛的脖子上跳下来，跑到竹林那里，找到了灰兄弟。

"啊，"灰兄弟说，"我在这里等你很多天了。放牧有什么意思啊？"

"这是命令。"莫格里说，"我暂时只是村里的一个放牛娃。谢里汗那边有什么消息？"

"他已经来过这个村子，并且等了你很久。现在他又走了，因

狼孩莫格里

为猎物太少了。但是，他对你杀心未泯。"

"很好。"莫格里说，"只要他不在这儿，你或者四兄弟中的一个就每天坐在那块岩石上，这样我一出村就能看到。等他回来了，你就在平原中央的大树下的河边等我。"

然后莫格里挑选了一处阴凉的地方，躺下睡着了，水牛在他四周吃着草。

就这样，莫格里每天领着大水牛们出村去泥塘，每天都能看到一千米以外灰兄弟的背影（所以他知道，谢里汗还没有回来）。他每天躺在草地上倾听周围的声音，回想着过去在丛林里度过的日子。在那漫长而寂静的清晨，如果谢里汗在韦根加河边的丛林里用他的瘸腿踏错一步，莫格里都会听到。

终于有一天，他在那个约好的地点没有看到灰兄弟，他笑了，赶着水牛来到大树旁的河边，树上开满了红色的鲜花。他看到灰兄弟坐在那里，背上的每根毛都竖了起来。

"为了让你放松警惕，他已经藏了一个月了。昨晚，他和塔巴奇翻过了山，正迫不及待地搜寻你呢。"灰兄弟喘着粗气说。

莫格里皱了皱眉，说道："我不怕谢里汗，可是塔巴奇实在是狡猾。"

"不用怕，"灰兄弟舔了舔嘴唇说，"我在天亮的时候碰到了塔巴奇，他正在跟鸢鹰们卖弄自己的聪明才智呢。不过，在我打断他的后背之前，他把一切都告诉我了。谢里汗的计划是今晚在村口等你，专门等你。他现在正躺在韦根加那条干涸的大河谷里。"

"他今天进食了吗？"莫格里问，因为答案对他意味着生死。

"他在天刚亮时杀了一头猪，也喝了些水。记着，谢里汗永远不会不吃东西。"

"蠢货！他竟然还吃饱喝足了，但是他以为我还会等着他睡一觉啊！现在他在哪里躺着呢？如果我们有十个帮手，就可以在他躺着的时候干掉他了。这些水牛不闻到老虎的气味是不会向前冲的，我又不会说水牛的话。我们能不能绕到他的足迹后面，好让水牛闻到他的气味？"

"他在韦根加河里游了很远，就为了掩盖自己的气味。"

"我知道这是塔巴奇出的主意。谢里汗自己永远都不会想出这种办法。"莫格里站在那里，把一根手指放进嘴里，思考着，"韦根加的大河谷在平原上变得开阔，离这儿不到八千米。我可以带着牛群绕过丛林到河谷的源头，然后横扫下来；不过谢里汗可能从河谷的底部溜走，所以我们必须堵住那头。灰兄弟，你能帮我把牛群分成两拨吗？"

"我可不行，但是，我已经带来了一位聪明的帮手。"

灰兄弟跳进了一个洞里，然后洞里伸出了一个莫格里非常熟悉的灰色大脑袋。之后，炎热的空气里充满了整个丛林中最孤独的叫声——正午时分一只捕猎狼的号叫。

"阿克拉！阿克拉！"莫格里兴奋地拍起了手，"我早就知道，你不会忘了我的。我们准备办一件大事——把牛群分成两拨。阿克拉，让母牛和小牛在一起，公牛和耕牛单独一拨。"

于是两只狼跑开了，像链子一样在牛群中跑过来跑过去，把牛群分成了两拨。其中一拨，母牛把小牛围在中间，怒目圆睁，前蹄乱刨，随时准备着攻击。如果哪只狼哪怕只是静静地停一下，母牛们就会冲上前去踩死他；另一拨中，公牛们跺着脚。不过，虽然他们看上去非常威风，但实际上并不那么危险，因为他们不需要保护小牛犊。即便是六个男人也没办法把牛群分得这么均匀。

莫格里跳到拉玛的背上喊道："把这些牛赶到左边，阿克拉。灰兄弟，等我们走了，你就把母牛集中到一起，把它们赶到河谷底部。"

"赶多远？"灰兄弟问道，一边喘气一边猛咬。

"一直赶到河岸上，谢里汗跳不上去的地方。"莫格里喊道，"让它们一直待在那里等我们下来。"

阿克拉咆哮着，于是牛群像旋风一样冲了出去。灰兄弟挡在母牛前面，母牛向他扑过来，但灰兄弟刚好跑在牛群前面一点，引诱着它们跑到了河谷底部，而阿克拉已经把公牛赶到左边很远的地方了。

"干得好！再冲一次，他们就彻底受惊了。"

"要让他们拐弯去丛林吗？"

"是的，转弯，快让他们转弯，拉玛已经愤怒了。哦，要是我能直接告诉他，我今天需要他做什么就好了。"

　　公牛们都转过来了，这次是往右边冲，直冲进了高高的灌木丛。别的牧童在250米以外看到牛群这种情况，便拼命往村里跑，嘴里大喊着："公牛们疯了，都跑掉了。"

　　其实，莫格里的计划相当简单。他只不过想绕个大圈上山，到达河谷的源头。那里有一块草地，这块草地实际上是倾斜到河谷的一个陡坡，然后他带着牛群沿河而下，用母牛公牛夹击的办法，一举捉住谢里汗。因为他知道，吃饱喝足之后，谢里汗既不能搏斗，也不能爬上河岸。现在，莫格里轻声安抚着牛群，而阿克拉已经退到了牛群的后面。这是一个很大的圈子，因为他们不愿意离河谷太近，怕引起谢里汗的警觉。

　　最后，莫格里把晕头转向的牛群聚到了河谷源头的那块草地上，那是一处陡峭的山坡。莫格里非常满意地看到：河岸几乎是直上直下的，而且长满了藤蔓和爬山虎。在这种环境下，就是老虎也插翅难飞。

　　"让他们喘口气，阿克拉。"莫格里抬起他的一只手说。

　　"他们还没有闻到老虎的味儿呢，让他们喘口气。我得告诉谢里汗谁来了。我们已经让他掉进了陷阱里。"他把手拢在嘴边，冲着河谷下面喊，回声在岩石间不断回荡。

过了好久，才传来一声慢悠悠的、睡意十足的吼叫，谢里汗吃得饱饱的，刚醒过来。

"是谁在叫唤呢？"谢里汗说。

一只艳丽的鸟尖叫着从河谷振翅飞了出来。

"我，莫格里。偷牛贼，现在该你去会议岩受审了。下来！快赶他们下来，阿克拉！往下冲，拉玛，往下冲！"

牛群在斜坡边沿停顿了一下，但阿克拉咆哮起来，于是牛群像激流一样冲了下去，一头接着一头，沙子和石头在他们周围飞溅。

牛群一旦开始受惊奔跑，就再也无法停住，他们刚到河谷的河床，拉玛就闻到了谢里汗的味道，吼叫起来。

"哈哈！"莫格里说，此刻他正骑在拉玛的背上，"现在你知道了！"这些牛有着乌黑的犄角，他们口喷白沫，怒目圆睁，形成一股洪流，就像山洪暴发时夹带的巨石一样滚滚而下。谢里汗听见了雷鸣般的蹄声，赶忙爬起来，笨拙地走下河谷，左瞅右看，想找到可以逃跑的路。可是河谷两边都是陡峭的悬崖，所以他只好继续向前跑。但是吃饱喝足后，他的身体笨重得要命，哪还有心思搏斗呢？老虎刚离开一个水塘，牛群就冲了过来，水花四溅。他们吼叫着，狭窄的河谷充满了回响。莫格里听到河谷底部传来的回应，看到谢里汗转过身来，接着倒下了（老虎知道，到了这种进退维谷的境地，已经没有任何希望了）。拉玛轻快地跑着，接着被绊了一下，踩到了

一个柔软的东西，但很快又继续往前冲。公牛们跟着拉玛冲进了另一个牛群，那些较弱的耕牛被掀倒了，四蹄离地。

这场冲击使得两群牛都一涌而出，到了平原上，他们又是用角抵，又是用脚踩，鼻子直喷着气。莫格里瞅准时机从拉玛脖子上溜了下来，拿着棍棒左右开弓，乱打一气。

"快！阿克拉！把他们分开。驱散他们，不然他们会互相打起来的。把他们赶走，阿克拉。走开，拉玛，走。嗨！嗨！我的孩子们，现在可以放松了，一切都结束了。"

阿克拉和灰兄弟跑来跑去，咬着水牛的腿，虽然牛群想回头再次冲进河谷，可是莫格里想办法让拉玛掉转了头，于是其他的牛也都跟在拉玛的后面。

不需要再次攻击谢里汗了，他已经死了，鸢鹰已经来为他收尸了。

"兄弟们，谢里汗死得像条狗。"莫格里边说边摸了摸他的刀，自从他跟人类一起住以后，这把刀经常挂在他的脖子上，"他的皮放在会议岩上一定很漂亮，我们快点动手吧。"

在人类中间长大的孩子不可能独自剥掉一只三米长的老虎的皮。但没有人比莫格里更清楚动物的皮是怎么长上去的，以及要怎么剥下来。这是一件棘手的工作，莫格里又砍又撕，弄了一个小时。两只狼蹲在旁边观看，听到莫格里吩咐，他们就上前帮忙拽一下。

过了一会儿，有一只手搭在了莫格里的肩膀上。他抬头一看，是拿着枪的布尔迪拉。孩子们已经告诉了村里人，水牛们都跑了。所以布尔迪拉便怒气冲冲地赶来，急不可耐地想要教训莫格里，因为莫格里没有好好照顾牛群。两只狼一看到有人来了，就一溜烟跑得不见踪影了。

"这是什么？"布尔迪拉生气地问，"你竟然认为自己能剥了老虎的皮！水牛在哪里杀了他？这是那只瘸腿老虎，它可值一百卢比的赏金呢。好了，好了，我就当没看到你让牛群乱跑的事了，也许我还会从赏金里拿出一卢比给你。"

"哼！"莫格里剥下了老虎前爪的皮，说道，"我需要这张皮，我自有用处。"莫格里回答道，有一半像是对自己说的。

"怎么能跟村里猎人的头领这么说话呢？这次杀死老虎，全凭你的运气和水牛们的愚蠢。你连老虎皮都不会剥，小要饭的。现在你还敢这么无礼地跟我说话，你休想得到赏金。相反，我会暴打你一顿。留下那老虎皮！"

"我以那头赎我的牛的名义发誓，"莫格里说，他正在尽力剥下老虎肩胛骨附近的皮，"难道我整个中午都要跟一只老猴子白费口舌吗？过来，阿克拉，这个人让我很烦。"

布尔迪拉正弯腰看着老虎脑袋，忽然感觉自己被掀翻到了草地上，一只灰狼站在了自己身上，而莫格里还在若无其事地继续剥老虎的皮。

"你说得对，布尔迪拉，你不可能给我一个卢比。我跟这只老虎之间有点旧账——很早的旧账——但现在我赢了。"

布尔迪拉心想，这是巫术，是最厉害的魔法。一只狼居然听一个小孩子的吩咐。他静静地躺着，随时准备看莫格里也变成一只老虎。

"伟大的国王！"他终于嘶哑着嗓子低声说。

"嗯。"莫格里说。他没有转过头来，只是笑了一下。

"我只是个糟老头子，不知道你大有来头，不仅仅是个放牛娃。我能起来离开这儿吗？不然你的仆人会把我撕成碎片的。"

"走吧，祝你平安。不过，下次别为我的猎物费心了。让他走吧，阿克拉。"

布尔迪拉一边飞快地跑向村子，一边回头看莫格里是不是变成了什么可怕的东西。当他到达村子以后，他给村里人讲了一个魔法故事，这让神父的神情变得严肃起来。

莫格里继续忙他的活儿，等他和两只狼把那张巨大的老虎皮剥下来时，天都快黑了。

"现在我们必须把老虎皮藏起来，把水牛赶回家！帮我赶它们，阿克拉。"

牛群聚了起来，当它们快到村庄的时候，莫格里看到了火光，还听到了号角声，寺庙里的钟声也响起了。一半的村民聚集在村口，似乎在等他。

"他们想祝贺我。"他心想。

但是，石头像雨点般从他耳边呼啸而过，村民们大喊："巫师！丛林魔鬼！快滚，不然神父会让你再次变成狼。开枪，布尔迪拉，开枪啊！"

那支破旧的枪砰的一声开火了，一头年轻的水牛痛得吼了起来。

"又耍妖术了。"村民们叫起来，"他会让子弹拐弯。布尔迪拉，那是你的水牛。"

"这到底是怎么回事啊？"更多的石头扔过来了，莫格里大为不解地说。

"你的这些兄弟跟狼群没什么两样，"阿克拉坐下后镇定自若地说道，"看起来他们要赶你走。"

"又一次！上次因为我是人，这次因为我是狼。我们走吧，阿克拉。"

一个女人——米苏拉——跑到牛群跟前，喊着："哦，我的儿子，我的儿子，他们说你能随心所欲地变成野兽，我不相信。但是，走吧，要不然他们会杀了你的。"

"回来，米苏拉！"人群叫喊着，"快回来，再不回来我们就扔石头了。"

莫格里笑了一下，笑得很丑，因为有一块石头击中了他的嘴巴。

"往回跑吧，米苏拉，这一切不过是他们在树下讲的又一个烂

故事，我不是巫师，但至少我为你儿子报仇了。再见，跑快点，因为我要让牛群进村，牛群的速度可比石头快多了，再见！"莫格里喊道，"好了，再来一次，阿克拉，把牛群赶过来。"

牛群迫不及待地想回到村庄里，所以不用阿克拉大叫，他们就像一阵旋风一样冲过了村口，把人群冲散了。

莫格里转过身，带着阿克拉离开了，当他仰望满天星斗的时候，他感到无比快活。

"我再也不用在陷阱里面睡觉了。阿克拉，我们拿上谢里汗的皮走吧。"

当莫格里和两只狼到达会议岩的小山时，月亮已经西沉，他们停在了狼妈妈的洞口。

"妈妈，人类把我赶出来了。"莫格里喊道，"可是我遵守诺言带来了谢里汗的皮。"

狼妈妈慢慢地从洞里走了出来，身后跟着狼崽们。看到谢里汗的皮时，她的眼睛一下子亮了起来。

"小兄弟，干得好。"一个低沉的声音从灌木丛中传过来，"没有你，我们在丛林里很寂寞。"巴吉拉出来了，跑到了莫格里的光脚旁边。

随后，他们一起爬上会议岩，莫格里把谢里汗的皮平铺在了阿克拉过去常常坐着的地方，用四根竹子把它固定住。然后，阿克拉在上面躺了下来，发出了古老的会议岩的召唤："看吧，看好了，狼们。"那声音跟莫格里第一次被带到会议岩时的声音一模一样。

自从阿克拉被废后，会议岩一直没有首领，狼群们随心所欲地捕猎和打斗。但是，出于习惯，他们还是回应了召唤。某些狼因为之前掉进了陷阱，所以腿是瘸的；有些因被枪击中，所以脚是跛的；一些因为吃了不好的食物而病怏怏的；还有很多下落不明。但是，他们都来到了会议岩，目睹了铺在岩石上的谢里汗的皮。就是这时，莫格里即兴作了一首歌，他高声喊着，在老虎皮上跳着，还用脚后跟打着拍子，直到他喘不上气来。阿克拉和灰兄弟也跟着哼哼起来。

"看好了，哦，狼兄弟们。我遵守诺言了吗？"莫格里问。

所有的狼都高喊着"是的"，一只老狼号叫着："再来领导我们吧，阿克拉，再来领导我们吧，人类小崽子。"

"人类和狼群都把我赶出来了，我只能一个人在丛林里捕猎了。"

"我们愿意跟你一起捕猎。"四只狼崽说。

于是，从那天开始，莫格里就离开了，带着四只狼崽在丛林中狩猎。但是，他不是始终孤单一人。很多年之后，他长大成人了，也有了伴侣。不过，那就是讲给成年人听的故事了。

狼孩莫格里

六　莫格里之歌

（莫格里于会议岩在谢里汗的皮上跳舞之时所唱）

我，莫格里，在歌唱。让整个丛林倾听我的所为。

谢里汗说他将要猎杀，将要猎杀！傍晚时分在村口，他将要猎杀莫格里，这只小青蛙！

他吃，他喝。多喝点吧，谢里汗，因为也许这就是你最后的一餐，到睡梦中去猎杀吧！

我独自在牧场。灰兄弟，来我这里吧！

来我这里吧，因为这里有庞大的猎物！

放牧大水牛，青皮肤的牛群有着愤怒的眼睛。按照我的命令来回驱逐他们。

你还在睡觉吗，谢里汗？醒醒，哦，醒醒！我来了，后面还跟着公牛们。拉玛——水牛之王，踩着脚。韦根加的河水啊，谢里汗去哪里了？

他不是伊基不会打洞，他不是孔雀不会飞翔，他不是蝙蝠不会悬挂在树枝间，一起摇动的小竹子，告诉我他逃窜到哪里去了？

他在这里！他在这里！瘸老大躺在拉玛的脚下！

起来！谢里汗！起来去猎杀！这里有肉，咬断水牛们的脖子吧！

嘘，别出声，他在熟睡。我们不能叫醒他，因为他的力量非常大。

鸢鹰们已经下来看过他，黑蚂蚁们已经爬上去与他见面了。

以他的名义举行了隆重的聚会。

我身上无布遮拦。鸢鹰们会看到我赤身裸体。这样去见大家我感到难为情。

把你的大衣借给我吧，谢里汗。借给我你的大衣，我就可以去会议岩。

以赎我的公牛的名义，我许诺——一个小小的许诺。

只差你的大衣，我就能遵守诺言。

用刀，用人类使用的刀，用猎手使用的刀，我将弯腰去收获我的礼物。

韦根加的河水啊，谢里汗把他的大衣借给我，因为他对我心怀容忍之爱。

拖吧，灰兄弟！拽吧，阿克拉！这可是谢里汗的皮。

人类发怒了。他们乱扔石头，像孩子一样乱喊。我的嘴巴流血了。让我逃跑吧。

整个夜晚，整个炎热的夜晚，我和我的兄弟们飞奔。我们

狼孩莫格里

离开村庄的灯光，奔向低垂的月光。

韦根加的河水啊，人类驱逐我。虽说我对他们没有一点伤害，但是，他们惧怕我。这是为什么啊？

狼群，你们也驱逐我。丛林的大门向我关闭了，村庄的大门也不再为我敞开。这是为什么啊？

就像兰恩飞翔于兽类和鸟类之间，我也游走于村庄和丛林之间。这是为什么啊？

我虽在谢里汗的皮上高歌起舞，可是我的心无比沉重。

我的嘴唇虽然被村民的石头砸伤了，可是我的心是轻快的，因为我回到了丛林。这是为什么啊？

这两种东西在我内心斗争，就像蛇群在春天争斗。

泪水夺眶而出，可当泪珠滑落时，我却放声大笑。这是为什么啊？

尽管丛林和村庄都不容纳我，但是，谢里汗的皮就在我的脚下。整个丛林都知道我杀了谢里汗。看吧，好好看吧，哦，狼群！

那些莫名的东西，让我的心情如此沉重。

七　恐惧是如何到来的

河流已经在萎缩，池塘就要干涸，

我和你，我们是伙伴；

带着激动的脸庞和满身尘土，

我们沿着河岸风尘仆仆地前进；

因为害怕河流会干涸，

我们要不就放弃前进，要不就面对死亡；

现在我们靠近了大坝，即将看到小鹿，

一群瘦弱的狼就像奶牛一样；

长得高高的雄鹿毫不退缩，

因为他知道是那些狼的牙齿撕裂了他父亲的喉咙。

河流已经在萎缩，池塘就要干涸，

我和你，我们是玩伴；

直到那边的云飘散——捕猎顺利！

雨滴闯进了我们的休战水域。

　　丛林法则是到目前为止世界上最古老的法则，它提到了生活在丛林里的动物们会遇到的各种各样的问题。现在，丛林法则已被时

狼孩莫格里

间磨砺得几近完美。你可能还记得，莫格里和西奥尼群山中的狼群在一起生活了很长一段时间，而且他还从棕熊巴鲁那里学会了丛林法则。棕熊巴鲁告诉过他，他长大后，丛林法则会变得像一条巨大的爬虫一样，因为它会降临在每个动物身上，没有谁可以逃脱。巴鲁当时说："小兄弟，如果你可以活得像我这么久，你就会知道，整个丛林都遵守着这个法则，不过这可不是件让你愉快的事情。"

对于巴鲁说的这句话，莫格里是左耳朵进右耳朵出，因为当时，他每天大部分的时间除了吃就是睡觉，又怎么会去担心巴鲁说的那些事情呢？除非到了他真的要自己去面对的那一天。有一年，巴鲁说的话都应验了，于是莫格里就看见了法则是怎样影响整个丛林的。

那是在一个几乎没有下雨的冬天快结束的时候，豪猪伊库在一片竹林中遇到了莫格里，然后他告诉莫格里，野山芋都已经要枯死了。丛林里的所有动物都知道，豪猪伊库在选择食物时非常挑剔，他只吃那些最好的、已经完全成熟的东西。所以，莫格里听完之后笑着说："那跟我有什么关系呢？"

豪猪伊库回答说："现在的确和你没有很大的关系。"说这话时他身上的毛发出咔嗒咔嗒的声音，看起来好像非常不舒服，"但是以后就和我们都有关系了，和整个丛林里的所有动物都有关系。小兄弟，你还在蜜蜂岩下面深深的岩石潭里潜水吗？"

"没有，那里的可恶的水都流走了，我可不想撞破我的头。"莫格里回答说。那段时间，莫格里非常确信自己知道的绝对不会比丛林里任何五只动物加起来知道的要少。

豪猪伊库对莫格里说："这就是你的损失了，摔一跤可是能让你学会一些知识的。"

看见莫格里要来拉自己鼻子上的鬃毛，豪猪伊库立刻快速地躲开了。后来，莫格里把豪猪伊库对他说的话告诉了棕熊巴鲁。当时巴鲁看起来很勇敢，他嘴里低声地咕哝着："如果我是单独行动，在其他动物还没想到之前，我就会改变我的狩猎范围。而和其他陌生的动物一起捕猎又总是以打架而告终，那时候可能伤及莫格里。所以我们必须等待，看看莫瓦树是怎么开花的。"

在那个春天，巴鲁非常喜欢的莫瓦树一次都没有开花，因为那些绿色、淡黄色和蜡白色的花朵在开放之前就被高温给扼杀了。所以，当巴鲁用两只后腿站在地上摇着莫瓦树时，只有很少的花瓣掉了下来，而且味道很难闻。

接下来，不停上升的高温慢慢侵入到了丛林深处，于是整个丛林由黄色变成了灰色，最后变成了黑色。那些山沟两侧的绿色植被经过高温的灼烧，只剩下一些断了的枝干和蜷曲的枯叶；那些躲在树荫下的池塘中的水也越来越少，最后露出了干涸结块的土地。池塘边还能看见一些动物留下的清晰的脚印，就好像是用钢铁铸就的模型。那些多汁的藤蔓从它们攀附的树上掉了下来，失去了原有的生命力；竹子也枯萎了，当一阵热风吹来的时候，就会发出铮铮的声音；丛林深处的苔藓也从岩石上脱落了，于是那些光秃秃的岩石就变得和干涸的河床中那些蓝色的石头一样灼热了。

在夏天还没到的时候，那些聪明的鸟儿和猴子就去北方了，因为他们知道度过接下来的夏天将是一场巨大的考验；而鹿群和野猪们被迫去往远处人类村庄附近那些毫无生命的田野里，然后死在那些根本无法杀死他们的人的眼前；可是老鹰赤耳一直待在丛林里，而且长得越来越胖，因为他总是能找到很多腐烂的动物尸体。一天又一天，赤耳把新的消息带给丛林里的野兽们，现在，这些肉食动物根本没有力量再去找新鲜动物的肉来吃了。因为太阳已经连续三天像个大蒸笼一样烘烤着整片丛林，所有地方都变得毫无生气。

莫格里还从来没有经历过真正的饥饿，记得那时的他才三岁，一直靠吃那些变质的蜂蜜来维持生命。他会从那些废弃的岩石洞里刮出那些黑色的蜂蜜，就像是黑刺李外面包着干燥的糖一样。当然，莫格里也会搜寻树皮下面的一些小虫子吃，或者是抢走黄蜂刚产下的卵。丛林里发生的一切都不过是血肉之争。巴吉拉可以在一晚上杀死三只动物，可是即使这样他也经常吃不饱。偶尔挨饿还不算什么，没有水喝才是最糟糕的情况，因为丛林里的动物们虽然喝水的次数不多，可是每次喝水的时候都要喝很多。

让人窒息的炎热依旧持续着，太阳像个火球一样，仿佛把空气中的所有水分都蒸发了。最后，只剩下韦根加河的那条主河道里还流淌着一股细细的水流，河岸上全是枯死的植物。野象哈蒂已经活了一百多年，当他在韦根加主河道的中央看见一段长长的、斜着的山脊的时候，他知道那个就是和平岩，于是他在那里抬起了自己的鼻子，宣告休战。哈蒂的爸爸在十五年前也这样宣告过。鹿群、野猪和水牛们都在嘶哑着喉咙叫嚷；老鹰赤耳一边在高高的天空中绕着大大的圈，一边尖声叫着，好像在警告所有的动物。

根据丛林法则，休战水域一旦被确定，再在休战水域杀死其他动物是会被处死的。因为对动物们来说，喝水比吃东西更重要。当某种食物缺乏的时候，丛林里的所有动物们都可以通过各种方式来克服一段时间，可是水对他们来说就不一样了。当只有一个地方有水时，所有动物都会停止捕猎，然后跑到有水的地方去。当丛林里的水很充足的时候，那些去韦根加河附近，或者是其他河流那里喝水的动物们都会冒着失去生命的危险，那种危险和他们在夜里捕猎的危险可不一样。所有动物都想尽可能地不弄出动静，最好是一片叶子也不动，然后踏进只淹到膝盖的浅浅的河水里。他们喝水时还要经常转过头看看身后的动静，全身所有的肌肉都准备着应对可能出现的极度危险。

在沙滩边缘，一群美丽的、长着长长的角的年轻公鹿刚喝得饱饱的，嘴巴还是湿的，一个个都感到很满足。正是因为他们知道，

狼孩莫格里

不论在任何时候，黑豹巴吉拉和老虎谢里汗都有可能朝他们扑过来，把他们吃掉，所以想好好地喝饱水非常不容易。但是在如今这样特殊的情况下，所有生死的较量都结束了，所有动物都忍着饥饿朝那条不断缩小的河流跑了过去。不论是老虎、熊、鹿、水牛，还是野猪，全部都跑去喝那污浊却宝贵的水，一个个都筋疲力尽，再也无法前进。

鹿和野猪已经拖着疲惫的身体走了一整天，他们想要找到一些比发干的树皮和枯萎的树叶更容易下咽的食物。水牛们现在根本找不到泥坑可以让自己凉快点，也找不到地方可以偷到绿色的庄稼。蛇类早就离开了丛林，爬到了河边，希望运气好可以抓到一只迷路的青蛙。他们在潮湿的石头上蜷起自己的身体，一点一点驱赶身上的热流。即使一只觅食的野猪过来用鼻子把他们顶到一边，他们也不会去攻击野猪。河流中的乌龟早就被黑豹巴吉拉吃掉了，巴吉拉可是最聪明的捕猎者。而河里的那些鱼也早就葬身在干燥的泥土里了。只有和平岩还像一条长长的蛇横跨在浅浅的河流上，水面上的小小涟漪碰到滚烫的岩石表面时发出嘶嘶的声音。

莫格里在夜里就和他的伙伴们去了那里，因为那里很凉快。即使是对莫格里来说，最可怕的敌人现在也非常饥饿，他们不会注意到莫格里这个小男孩的。因为光着身子，莫格里看起来比他的同伴们更加瘦小可怜。他的头发好像被太阳光给漂白了，肋骨像是竹篮上的竹篾，一根根地凸了出来。他的膝盖和胳膊肘上都有肿块，因为他平时都是用四肢在地上爬着前进的，所以他瘦弱的四肢看起来就像是打着结的草梗。

可是，莫格里那暗淡额头之下的眼睛看起来既平静又镇定，因为在这个麻烦的时刻，他的朋友巴吉拉正指导着他该怎么做。巴吉拉让他尽量不要发出任何声音，慢慢地走，无论遇到什么情况都不能发脾气。

在这个非常闷热的夜晚，黑豹巴吉拉对莫格里说："现在是我们非常不幸的时刻，可是如果我们坚持活下去，这一切都会结束的。人类小崽子，你肚子饿不饿？"

"现在我肚子里还有点东西，但是我还是觉得很饿。巴吉拉，谢谢你！难道雨已经忘记了我们，以后再也不会下雨了吗？"

"不会的！我们会看见莫瓦树开花的，小鹿们也会吃着青草，长得肥肥的。我们还是去和平岩那里看看有什么新消息吧。小兄弟，到我背上来吧！"

"你别再浪费力气来背我了，我自己还能走，不过……事实上我们两个现在看起来都没有一头肥肥的小公牛那么大。"

巴吉拉若有所思地盯着自己满是灰尘的消瘦身体看了一会儿，然后低声说："昨天晚上，我在牛轭下面杀死了一头公牛，我努力地压低身体靠近它，要是它没有被绳子拴起来，我肯定不敢朝它跳过去。

狼孩莫格里

天哪！"

莫格里听完之后笑了起来，他说："是的，我们现在是强大的捕猎者了。我也非常勇敢，我敢吃那些小虫子。"

接着他们两个一起小心地穿过了不时发出声音的草丛，来到河边，只见河中的浅滩几乎都露了出来。棕熊巴鲁不知道什么时候也来到了这里，和他们会合，巴鲁说："这点水坚持不了多久了，你们看看对面，那里已经干燥得就像是人类的道路。"

在远处的平原上，河岸的另一边，那些长长的草都已经枯萎了，但还是直直地立在那里，就像木乃伊一样。鹿群和野猪们在地上踏出了一条路，脚印都朝着河流的方向。于是，在失去色彩的平原上，留下了一条条尘土飞扬的沟壑，穿过了那些高高的草。现在还很早，每条长长的路上都布满了先赶来河边的动物的脚印。你还能听见小鹿们在漫天的灰尘中喘气的声音。

沿着这条平静的河流逆流而上，野象哈蒂和他的儿子们站在转弯的地方，也就是和平岩那里，看守着休战水域。在月光下，他们那灰白而消瘦的身体正来回地摇摆着——他们好像总是这样摇摆着。比野象哈蒂低一点的是鹿群中的头鹿，再低一点的是野猪和野水牛。在河对岸，那些高高的树倒了下来，伸展到水边，那里就是区别食肉动物——老虎、狼、豹子、熊等的分界线，即所谓的休战水域。

巴吉拉说："事实上，我们都受丛林法则的支配。"说完他走进了浅浅的河里，然后抬起头看着那边有很多弯弯的鹿角和呆滞的眼睛的地方，一大群鹿和野猪正在河对岸来回地推搡着。巴吉拉接着说："我所有的伙伴们，希望你们捕猎有好的收获！"

巴吉拉完全舒展身体躺在那里，他身体的一侧从浅浅的水面上冒了出来。然后，他好像从牙缝里挤出了这句话："但是，正因为丛林法则，我们才可能有好的收获！"

鹿群中有的鹿听见了巴吉拉的最后一句话，于是告诉了周围的伙伴们，很快，整个鹿群都知道了，大家一边害怕地叫着，一边跑了起来。

"休战！记住这里是休战水域！"野象哈蒂咯咯地笑着说，"这里要和平！和平！巴吉拉，记住休战！现在没有时间来讨论捕猎的事！"

巴吉拉朝着上游的方向转了转他黄色的眼睛，然后回答说："又有谁比我知道得更清楚呢？我吃了河里的乌龟，那些乌龟又吃了青蛙。哈哈！难道我要靠嚼树枝活下去吗？"

这时，一只年轻的小鹿带着哭腔说："我们真的非常希望这样！"

这只小鹿是在春天的时候出生的，他一点都不喜欢黑豹巴吉拉。现在丛林里的动物们都太可怜了，炎热的天气已经把他们的生活变得异常艰难。连野象哈蒂也忍不住暗自苦笑了起来。而莫格里现在正躺在河流中的热水里，枕着胳膊，大笑着用他的脚欢快地拍打着

狼孩莫格里

水面上的浮沫。

巴吉拉轻快地说："说得好，小鹿。等休战结束的时候，大家会记住你的建议的。"

说完，他在黑暗中用敏锐的眼神看着前方，想要确定刚才说话的那只小鹿在哪里。

慢慢地，动物们都聚集到了河边喝水，到处都可以听见大家说话的声音。你会听见拖着脚步前进的野猪们喘着气，相互吵闹着要更多的空间；水牛们在越过沙堆的时候咕咕哝哝地叫着；野鹿们诉说着他们在搜寻食物的过程中脚都踏破了的悲惨经历。

有时候，大家会问一些关于穿过河流的食肉动物的事情，可是所有相关的都是坏消息。从丛林里呼啸着吹过来的热风越过岩石，把岸边的枯树枝摇得沙沙作响，地上满是散落的枯枝，灰尘也都扬了起来，落在了窄窄的水面上。

一只年轻的黑鹿说："那些人类也是一样，他们就死在自己的田地旁边。在太阳落山，夜晚还没有来临的时候，我就遇到了三个那样的人。他们一动不动地躺在那里，他们养的牛也躺在那里。我们也将会死去，然后一动不动地躺在那里。"

巴鲁说："昨天晚上，这条河流的水位就开始下降了。哦，哈蒂，你以前碰到过像现在这样的干旱吗？"

野象哈蒂一边用鼻子吸水喷在自己的身上，一边回答说："都会过去的，都会过去的。"

"可是我们现在就有一个已经撑不了多久了。"巴鲁看着他喜欢的莫格里说。

莫格里听完在水里坐了起来，然后很不高兴地说："难道你说的是我吗？我虽然没有长长的毛和厚厚的皮来保护自己的骨头，但是……但是如果你们身上的皮毛都没有了，巴鲁……"

哈蒂摇了摇头，否定了这个说法。而巴鲁则不高兴地板起脸说："人类小崽子，不要告诉你的老师什么叫作丛林法则。我还从来没有被剥光了皮毛呢！"

"巴鲁，不是的，我没有冒犯你的意思。但是可以这么说，你就像是包在果壳中的果肉，我也是果肉，但我裸露着身体。现在，你那棕色的皮毛——"只见莫格里一边盘着双腿坐在那里，一边像他平时那样伸出食指解释着。而这时巴吉拉伸出了一只厚厚的爪子，从后面把莫格里拉回了水中。

当莫格里在水里拍打着想要站起来的时候，黑豹巴吉拉说："我看你说得越来越糟糕了，先是说要扒掉巴鲁的皮，现在又说他是果肉。你可要小心点，巴鲁可不会像成熟的果肉那样任人宰割。"

莫格里逃出了巴吉拉的爪子——这可是丛林里常见的一个画面——放松了警惕问道："那么他会怎样呢？"

"打破你的头！"

狼孩莫格里

巴吉拉一边回答，一边用爪子把莫格里再一次拉了回来。

当莫格里第三次逃脱的时候，棕熊巴鲁开口说："你这样愚弄你的老师可是不对的！"

老虎谢里汗说道："不对？那你们在干吗呢？那些裸露着身体来回奔跑的动物们正在大大地愚弄你们这些曾经的优秀猎手，他们动一动胡须就把我们中最优秀的给愚弄了。"说完后，他就跛着脚走进了水里。

他饶有兴致地等了一会儿，好像在看他说的这番话会对对面河岸上的那些鹿产生什么样的影响。接着他又咆哮起来："现在丛林已经变成了这些裸露的小崽子们的地盘了，看着我，人类的小崽子！"

于是莫格里很大胆地盯着老虎谢里汗，可是一分钟后，谢里汗就很不自在地转了个身，避开了莫格里的视线。他一边继续喝水，一边低声说道："人类的小崽子，人类的小崽子，这个小崽子既不是人也不是动物，不然他肯定会害怕我的。以后我可能还要受他控制，请他去喝水，唉！"

这时候巴吉拉直直地看着莫格里的双眼说："会有那么一天的，会有那么一天的！呸！谢里汗！你又把什么罪恶带到了这里？"

谢里汗低下了头，下巴没入了水中，他身上那一道道条纹就顺着流水浮动着。他说："人类！一个小时之前我杀了一个人！"说完他又继续咕咕哝哝地咆哮着，不知道在说什么。

对面的那群动物一直在来来回回地摇摆着，接着出现了一个低低的声音，那个声音很快就变成了大叫："人类！人类！他杀了人！"接下来，那些动物全都看向了野象哈蒂，希望他可以主持公道。可是哈蒂面不改色，好像刚才什么都没有听到一样。哈蒂从来都不会冲动，他只会在合适的时间做合适的事情，这也是他可以活这么久的原因。

　　巴吉拉看见他们这样反应，轻蔑地说："在这时候杀一个人算什么！还有什么其他有趣的事情吗？"巴吉拉说完后从浑浊的河水中走了出来，用豹子们特有的方式甩了甩每个爪子。

　　这时，谢里汗那可怕的声音又冒了出来："我可不是因为找不到吃的才去杀那个人，我是因为想杀所以就杀了。"

　　听完这句话，野象哈蒂那双警惕的白色小眼睛终于朝着谢里汗的方向看了过去。只听谢里汗慢吞吞地说："的确是因为我想杀人，现在我想喝饱水，然后把身上洗干净。应该没有谁会阻止我吧？"

　　巴吉拉的背开始慢慢地弓了起来，就像是在风中弯曲的竹子一样。可是哈蒂抬起了他的鼻子，平静地问道："你是因为想杀人所以就杀了人？"

　　谢里汗想，为了不惹麻烦，最好还是回答他，于是恭敬地回答说："是的，这可是我的权利，是属于我的夜晚。尊敬的哈蒂，我想你很清楚。"

狼孩莫格里

"是的，我知道。"哈蒂回答，他沉默了一会儿，又接着说，"那现在你喝水喝饱了吗？"

"是的，今天已经喝饱了。"

"那你就赶快走吧！这里是喝水的地方，不是你狂妄的地方。也只有你才会在这个时候吹嘘自己所谓的权利，现在我们、人类，还有丛林里的所有动物都在遭受劫难，你难道不知道吗？谢里汗，别管你身上有没有洗干净，赶紧滚回你的老窝吧！"

野象哈蒂最后说出的那句话听起来就像号角发出的声音一样，在场的所有动物都听得清清楚楚，都感受到了哈蒂的威严。接着，哈蒂的三个儿子都放慢了自己行走的速度。其实没有必要这样，因为听完哈蒂的话，谢里汗就再也不敢咆哮了，而且很快地溜走了。他知道，应该说所有的动物都知道，即便到了最后的最后，野象哈蒂依旧是整个丛林的王者。

莫格里看见谢里汗走了之后，对着巴吉拉的耳朵窃窃私语："哈蒂刚才说的权利是什么意思？丛林法则不是说杀人是一件可耻的事吗？可是哈蒂怎么说——"

巴吉拉打断了他的话说："小兄弟，你直接问哈蒂吧，我不知道。不管是不是权利，如果刚才哈蒂没有说那些话，我也会给屠夫谢里汗一个教训的！他刚杀完一个人，接着就来到了和平岩，然后还吹嘘这件事，这可是走狗们才会干的缺德事。另外，他把这里珍贵的水都弄脏了。"

听完巴吉拉的话，莫格里沉默了一会儿，然后终于鼓起勇气问哈蒂："尊敬的哈蒂，谢里汗刚才说的权利是什么意思？"

莫格里的话在河流两岸回响着。其实，除了巴鲁，丛林里所有的动物都对这个问题很好奇，不能理解刚才看到的一幕。巴鲁一脸沉思的表情，他好像知道谢里汗说的是什么意思。

哈蒂缓缓地开口回答说："这是一个很久远的故事了，比这片丛林存在的时间还要久远。你们都保持安静，我会把这个故事告诉你们的。"

接下来，河岸上的那些野猪与水牛们相互拥挤着，想要占一个好位置来听故事，他们的头领一个接一个咕哝着说："好，我们准备好了。"

这时，哈蒂开始大步往前走，直到靠近和平岩，河流里的水只没到他的膝盖。哈蒂靠在了和平岩上，和岩石接触的皮肤都皱了起来，所有动物都能看见他那黄色的象牙。哈蒂果然是丛林之王。

哈蒂说："孩子们，你们都知道我们最怕的就是人类。"

哈蒂刚说完这句话，就听见有的动物低声喃喃自语，点头赞同。巴吉拉对莫格里说："小兄弟，这个故事和你有关。"

莫格里困惑地反问道："和我有关？我和你们都是一样的，我们是人类的敌人，我和人类又有什么关系呢？"

狼孩莫格里

这时候，哈蒂的声音又响了起来：“可是你们都不知道我们为什么害怕人类。我来告诉你们原因。在丛林刚出现的时候——谁也不知道那到底是什么时候，丛林里的所有动物都生活在一起，谁也不害怕谁。那时候没有干旱，树上会有树叶、花朵，还能结出果实。我们那时候也只吃树叶、花朵、草、野果和树皮。”

巴吉拉咕哝道：“真庆幸我不是在那时候出生的，我可不吃树皮，树皮对我来说只是把爪子磨得更锋利的工具而已。”

“当时的丛林之王是第一头大象，名叫塔。塔用他的鼻子把整个丛林从深水里拉了出来，用他的象牙在地面上划出一道道深沟，于是就出现了河流。他用脚用力踩踏的地方就变成了清澈的池塘。当他用鼻子吹气的时候，前面的树就会倒下。就这样，大象塔造就了丛林，所以我知道了这个故事。”

这时，巴吉拉低声说：“过了这么久，大象还是这么胖。”坐在他身边的莫格里听完之后忍不住笑了起来。

哈蒂没有理会莫格里，继续说道：“那时候可没有玉米、甜瓜、辣椒和甘蔗之类的植物，也没有你们现在看到的那些人类的小房子。丛林里的动物们都生活在一起，对人类还一无所知。可是慢慢地，动物们开始为了食物争吵，虽然他们都有足够多的食物。但他们慢慢变懒了，只想在自己的窝附近找食物。你们想想看，在春天雨水很充足的时候，我们是不是都是这样做的？第一头大象塔那时候还在忙着创造新的丛林和把河流引到河床里，他不可能去到所有地方，管理丛林里的所有事情。于是他创造了第一只老虎，也就是老虎们的祖先，让那只老虎来做丛林之王，由他来裁判，去解决丛林里的动物们的所有争吵。那时候，第一只老虎和其他动物一样，只吃水果和草。他的个子和我差不多，而且他看起来非常漂亮，全身都是那些藤蔓所开的花的颜色。在那段丛林刚被创造出来的美好时光里，老虎的背上可没有一道道的条纹，丛林里的所有动物看见老虎也不会害怕。不过，当时老虎说的话就是整个丛林的法则。可是你们记住，我们那时都是和平地生活在一起的。

"可是有一天晚上，两只公鹿因为食物打架，就像你们现在会用自己的角和腿打架一样。据说，当这两只公鹿来到第一只老虎面前理论的时候，老虎正躺在花丛里。其中一只公鹿用自己的鹿角推了推老虎，而发怒的老虎忘记了自己是第一只老虎，也忘记了自己是丛林里所有动物的领袖。只见他朝那只公鹿扑了过去，然后咬断了他的脖子。

"在那个晚上之前，没有任何动物被杀死过。当第一只老虎回过神来看见自己的所作所为，闻到了死去公鹿的鲜血的气味时，他就变得像傻子一样，一下子逃到了北边的沼泽地里。接下来，丛林里的动物们就没有裁判了，大家又开始因为各种问题而互相打斗。大象塔听到动物们的打斗声之后，又回到了丛林里。大家把第一只

101

老虎杀死公鹿的事告诉了塔，但是大家的说法都不一样。当塔看见那只死去的公鹿躺在花丛中的时候，他问大家是谁杀死公鹿的。丛林里的动物们都没有回答，因为大家闻到了血的气味后就都变得像傻子一样了。他们围成一个圈来来回回地跑着、跳着、大叫着，还不停地摇着头。于是塔给所有的树木下了命令，让他们都变矮一点，又命令那些藤蔓标出谁是杀死那只公鹿的凶手，这样他才能知道真相。接着，大象塔对丛林里的动物们说：'谁将会成为新的丛林之王？'这时候，一只生活在树上的灰色猿猴跳到了塔面前，猿猴说：'我将会成为丛林之王。'塔听完猿猴的话之后笑了起来，他说：'那就这样吧！'之后，塔就非常无奈地离开了。

"孩子们，你们都知道灰色的猿猴，他们以前跟现在没什么两样。一开始，猿猴还摆出一副聪明智慧的样子，可是很快他就开始在树上抓来抓去、跳来跳去了。当塔再次回到丛林的时候，他看见灰色的猿猴倒挂在一根树干上，嘲笑着那些站在树下的动物。当然，那些动物也嘲笑着灰色的猿猴。所以，在灰色的猿猴作为丛林之王的时候，丛林里根本就没有什么法则，只有一些胡言乱语。

"看到这样的情况，塔把丛林里的所有动物都召集在一起，他说：'你们的第一个丛林之王给丛林带来了死亡，第二个给丛林带来了耻辱。现在是确立法则的时候了，我们谁都不可以违反这个法则。

现在你们要知道什么是恐惧，当你们找到恐惧的时候，你们就会知道，恐惧才是你们的统领，你们都要服从于他。'于是，丛林里的动物们就问：'什么是恐惧？'塔回答说：'你们自己去寻找答案吧！'接下来，所有的动物都在丛林里来来回回地寻找着塔所说的恐惧。然后，水牛们——"

站在沙滩上的水牛头领玛萨听见哈蒂说到自己，叫起来说："啊？"

哈蒂接着说："是的，玛萨，最后是水牛们发现了恐惧。他们带回了消息，说恐惧就坐在丛林里的一个洞穴中，他身上没有毛发，而且用两条后腿走路。接着，丛林里的所有动物都跟着水牛们去了那个洞穴。恐惧就站在洞口，就像之前水牛们说的那样，他身上没有毛发，而且用两条后腿走路。当他看见动物们的时候，他大叫了起来。恐惧的叫声让丛林里的动物们非常害怕，而且以后，只要动物们听到那个声音就会觉得害怕。于是动物们都逃开了，大家互相拥挤踩踏着。我听说，那天晚上，丛林里的所有动物都没有像之前那样全部躺在一起，而是每种动物都分开来。也就是说，野猪和野猪睡在一起，鹿和鹿睡在一起，他们的鹿角和蹄子都靠在一起。他们开始害怕其他的动物。只有第一只老虎不在，因为他还躲在丛林北边的沼泽地里。后来，当他听说了大家在那个洞穴里看见恐惧的事后，他说：'我要去看看那个东西，然后把他的脖子咬断。'然后，第一只老虎跑了整整一晚上，最后终于来到了那个洞穴的洞口。可

狼孩莫格里

是周围的那些树，还有地上的藤蔓都还记得塔下的命令，于是树木都放低了自己的枝叶，而藤蔓在第一只老虎身上做了标记。只见第一只老虎的背上、肚子上、额头上和脸上都是那些标记。只要老虎碰到了树枝和藤蔓，就会在他那黄色的身体上留下一道条纹。直到今天，那些条纹还一直留在老虎后代的身上。当第一只老虎来到那个洞穴的时候，身上没有毛发的恐惧伸出了他的手，然后说老虎是'夜晚出现的条纹怪物'。显然，第一只老虎也害怕恐惧，只见他惊慌地咆哮着跑回了那片沼泽地。"

莫格里听到这里，小声地笑了起来，他的下巴还泡在水里。

哈蒂没有停顿，接着说："第一只老虎逃走的时候叫的声音非常大，塔也听到了他的叫声，然后塔说：'不知道你遇到了什么可怕的事。'第一只老虎抬起头，看着之前那个新创造的天空——现在天空看起来已经很老了，愤怒地说：'啊！塔，把我的力量还给我！我在所有丛林动物的面前丢了脸。我居然在一个没有毛发的怪物面前逃走了，他还给我起了一个耻辱的名字。'塔问：'你怎么丢脸了呢？'老虎回答说：'因为沼泽地里的泥土糊在了我身上，恐惧看到了我这副丑样。'塔说：'你先去水里洗一洗，然后再在潮湿的草地上打个滚儿，如果是泥土的话，这样就可以去除了。'于是第一只老虎就跳到了水里，然后在草地上不停地打滚儿，直到丛林的样子在他眼里直打转。可是即使这样，老虎身上的那些条纹也丝毫没有消除。塔看着老虎笑了起来。这时，老虎说：'我到底做了什么？我身上怎么会有这些条纹？'塔回答说：'你杀死了那只公鹿，是你把死亡带到了丛林里。因为有了死亡，恐惧也就出现了。然后，丛林里的动物们就开始互相害怕，就像你害怕在洞穴里见到的没有毛发的恐惧一样。'老虎不解地问：'他们不可能会怕我的，我们从最开始就生活在一起了。'可是塔说：'那你就去看看吧！'于是，第一只老虎就到处乱跑，然后大声地叫着他看到的鹿、野猪、黑豹、豪猪，还有丛林里的其他动物们。所有的动物一看到他们之前的领袖就立刻慌忙地逃开了，因为他们都很害怕。

"第一只老虎只能闷闷不乐地跑了回来，他所有的骄傲都失去了。他用头撞着地面，用脚踢着地上的土，难过地说：'啊，塔！请记住我曾经是丛林之王！不要忘记我！让我的后代记住我曾经不会害怕任何东西！'塔听完之后回答说：'我会答应你的，因为我们共同见证了丛林是怎样创造的。为了你和你的后代，每年都会有一个夜晚，这个夜晚就像那只公鹿被杀之前一样。在那个晚上，如果你碰到了那个身上没有长毛的叫作"人类"的东西，你不会害怕他，他反而还会害怕你，以为你还是丛林之王，还是所有动物的领袖。在那个晚上，在人类害怕的时候，你要宽恕他，因为你已经知道什么叫作恐惧了。'第一只老虎回答说：'你这么说我就放心了。'可是，当第一只老虎去喝水的时候，他看见了自己身上和背上的黑色条纹，他想起了全身没有毛发的人类是怎么叫他的，老虎立刻变得火冒三丈。后来，他在那片沼泽地里整整生活了一年，等着塔实现他的承诺。

"有一天晚上，当圆圆的月亮照亮了整个丛林时，第一只老虎知道，大象塔说的那个夜晚到了。于是他跑到洞穴里去见没有毛发的人类。果然像塔说的那样，人类一看见第一只老虎就吓得倒在了地上。可是老虎打了人类，把他的背给打断了。老虎认为，丛林里只有一个这样的没有毛发的人类，于是他杀了这个叫作恐惧的人类。之后，第一只老虎听到了什么声音，原来是塔从北边的树林里走了过来。老虎听见了大象塔说话的声音，就像你们现在听到的声音一样——"

这时，从远处那些干枯、满目疮痍的山峰那里传来了滚滚的雷声，可是接下来并没有下雨，只有一道道闪电划过山脊。于是哈蒂接着说："塔对第一只老虎说：'这就是你答应我的宽恕吗？'第一只老虎舔了舔嘴唇，理直气壮地对塔说：'怎么了？我可是杀了恐惧啊！'塔气愤地说：'噢，你这个无知的笨蛋！你已经解开了死亡的脚镣，它会一直跟着你，直到你死去。你已经教会了人类怎么去屠杀！'老虎身体僵硬地站在他杀的人身边，说：'他就像我杀死的那只鹿。现在没有恐惧了，我要再次成为整个丛林的领袖！'可是塔回答说：'丛林里的动物们再也不会理你了。他们不会踏上你走过的路，不会在靠近你的地方睡觉，不会跟在你身后，也不会在你的窝周围寻找食物了。只有恐惧会一直跟着你，而且你还看不见他。他会把你脚下的土地分裂开，他会让藤蔓都爬到你的脖子上勒死你，那些树都会长得很高很高，你想逃命却怎么也爬不上去。最后，当他老的时候，他会扒下你的皮来包裹他的孩子们。你对他这么残忍，他也会对你这么残忍！'可是听完塔说的这些话之后，第一只老虎依旧非常勇敢，因为他知道，现在还是属于他的那个夜晚。他对塔说：'你的承诺终究还是兑现了，可是恐惧总不能抢走这属于我的夜晚吧？'塔回答说：'就像我之前说的，这个夜晚的确是属于你的，可是你要为这个夜晚付出代价！你已经教会了人类屠杀，人类学东西可是很快的。'第一只老虎毫不悔改地说：'他现在就在我的脚下，他的背已经断了。让整个丛林都知道是我杀了恐惧吧！'塔听完之后笑了起来，他说：'你只是杀了很多人中的一个而已，我想你应该告诉整个丛林，你的夜晚就要结束了。'果然，从恐惧第一次出现的那个洞穴里又走出了一个没有毛发的人类，他看见了被第一只老虎杀死的那个人，而第一只老虎就在死去的人身边。那个人手里拿着一根一端很锋利的棍子——"

"他们会丢那种可以在身上留下伤口的东西。"豪猪伊库一边说一边在河岸边发出沙沙的声音。豪猪可是冈德人非常喜欢吃的动物，冈德人把豪猪叫作"呼罗"。豪猪伊库见识过那些矮小的冈德人使用的斧头，当人们抛起斧子的时候，就像是一只蜻蜓在天上旋转一样。

107

狼孩莫格里

哈蒂接着说："那是一根锋利的棍子，就像现在人类布置在陷阱周围的那些棍子一样。那个人把棍子朝第一只老虎扔了过去，于是棍子就深深地插进了第一只老虎的身体里。和塔说过的一样，第一只老虎只能一边痛苦地咆哮着，一边在丛林里跑来跑去，直到他把棍子给拔了出来。所以，从那时候起，丛林里的所有动物就知道，那些全身没有毛发的人类可以从很远的地方来袭击动物。动物们对人类的恐惧又进一步加深了。这一切都是因为第一只老虎教会了人类屠杀，人类可以那样伤害第一只老虎，那他们也可以伤害丛林里的其他动物。

"于是人类用绳套、陷阱、隐藏的圈套、飞起来的棍子，还有那些从白色的烟雾中出现的、非常刺人的、可以飞的东西（哈蒂说的是枪）来对付我们。他们还用其他的方法把我们赶到空旷的地方去。然而，每年都有一天晚上，那些没有毛发的人类会害怕老虎，就像塔说的那样。可是，只要过了那个晚上，老虎依旧很害怕人类。只要人类发现老虎，他们就会杀了老虎，想想当时第一只老虎是怎么被欺负的吧。而对于丛林里的其他动物，那些令他们恐惧的人类日日夜夜地在丛林里走动……"

有一只鹿想到自己也是丛林的一分子，突然感叹道："唉，唉！"

哈蒂认真地说道："只有出现更大的恐惧的时候，我们丛林里的这些动物才可以不用担惊受怕，然后，大家就可以聚集在一个地方了，就像我们现在一样。"

莫格里说："人类每年只有一个夜晚会害怕老虎吗？"

"只有一个晚上。"哈蒂回答说。

"但是我——但是我们——但是丛林里的所有动物都知道，老虎谢里汗在一个月里就杀死了两三个人啊？"

"他是这样做过，但每次谢里汗攻击人类的时候，都会从人类后面扑过去，而且把头转到一边，因为他非常害怕。如果人类看着他的话，他就会逃跑。可是在每年的那一个夜晚，老虎可以光明正大地走到人类的村子里去。他走在人类居住的村子中，然后强行闯入人类的屋子。人类都会被吓坏，接着老虎就开始杀人了。那个晚上，老虎只能杀一个人。"

"啊！"莫格里一边自言自语，一边在水里翻了个身，"现在我知道谢里汗为什么叫我看着他的眼睛了。他那样做可没有好处，因为我看他的时候他都没法保持镇定，而且——我肯定我没有在他脚下摔倒过。但是我不是人，我是狼。"

"老虎知道那个夜晚是哪一天吗？"巴吉拉低哑的嗓子里冒出了这句话。

"他不知道，等到月亮将夜间的迷雾拨开的时候他就知道了。有时候是在干燥的夏夜，有时候是在潮湿的雨季。那时候我们都不会害怕了。"

听完哈蒂的话，鹿群开始难过地呜咽起来。

巴吉拉却很古怪地笑了起来，他向哈蒂问道："人类知道这个故事吗？"

"没有任何人知道，只有老虎、我们，还有第一只大象塔的子孙们知道。现在，所有在这条河流附近的动物听我说过之后也都知道了。"

说完，哈蒂把他的长鼻子伸进了水里，看来他不想再说话了。

莫格里转过身对巴鲁说："可是，可是，可是，为什么第一只老虎不接着吃草、树叶，还有树枝呢？他只是咬断了公鹿的脖子，可并没有吃那只公鹿的肉啊？后来他怎么又吃肉了？"

巴鲁回答说："人类的小崽子，那些树还有藤蔓都在他身上做了记号，所以我们现在看见的老虎身上都会有一道道条纹。老虎再也不会吃植物了，而且从那天起，老虎开始报复那些吃草的动物们，比如鹿，还有其他的食草动物。"

"难道你听过这个故事吗？为什么我从来没有听过？"

"因为丛林里的故事太多了，要是一个个说的话，怎么都说不完的。人类的小崽子，我们走吧！"

白海豹

一 白海豹

哦，安静，我的宝贝，黑夜在我们的身后，

黑色的水域闪耀着绿色的光芒，

波浪之上的月亮，往下探寻着，

我们在随波浪起伏的波谷安眠，

波浪碰出的水花将是你柔软的枕头，

哦，疲倦的小东西，舒服地蜷起来吧。

风暴不会吵醒你，

鲨鱼不会突袭你，

在轻轻摇摆的大海的臂弯中熟睡吧。

——《海豹摇篮曲》

在离白令海很远很远的圣保罗岛上，有一个叫诺瓦斯托纳西的地方，或者直接叫它东北角。很多年前，这里上演着一幕又一幕的故事。一只叫李默新的冬鹪鹩给我讲了这个故事。那时候，他被风吹到了一艘开往日本的船的甲板上，我把他救了下来，带到了我的船舱里。然后我让他暖和过来，喂养了他两天，一直到他恢复健康，能再次飞回白令海。李默新是一只非同寻常的小鸟，因为他知道如何去讲述真相。

没有人愿意来诺瓦斯托纳西，除了办事，只有海豹在这里定期居住。成千上万只海豹从寒冷的大海里走出来，在夏季来到这里。因为诺瓦斯托纳西海滩是世界上最适合海豹居住的地方。

西卡其知道这一点，所以无论身在何处，他都会径直游到诺瓦斯托纳西。为了岩石上一块尽可能靠近大海的比较好的地盘，他跟同伴打斗了一个月。

西卡其 15 岁了，他是一只巨大的灰毛海豹，有着又长又邪恶的牙齿。他站起来有一米多高，体重接近 300 千克。他全身的疤都是恶战后留下的痕迹。他随时准备着迎接下一场恶战。他总是把头歪向一边，好像非常害怕直视自己的敌人；他常常闪电般出击，当他的大牙齿牢牢地咬住别的海豹的脖子时，即使那只海豹足够强大，还有生还的机会，西卡其也是决计不会放过他的。

西卡其永远不会追一只被打败的海豹，因为那违背海滩法则。他只想在海边找个地方做育儿所。但是，因为每年春天都会有四五万只海豹寻找同样的地方，所以海滩上的尖叫声、咆哮声和打斗声是非常吓人的。他们从海浪中打到沙滩上，再到磨光的用来育儿的岩石上，他们就像男人一样愚蠢而好斗。

他们的配偶直到五月底六月初才会来这座岛屿，因为她们不想被撕成碎片。年轻的海豹们穿过打架的队伍，向内陆走大约800米，就会看到有成千上万只海豹在沙滩上玩耍。他们被称为单身汉，光是在诺瓦斯托纳西就可能有30万只。

那是一个春天，西卡其刚刚打完他的第45次架，他的妻子马特卡就满眼柔情地从海中上岸来了。西卡其抓住她脖子上的毛发，把她扔在了自己占据的地盘上，然后粗鲁地说："你总是晚来，你去哪里了？"

在西卡其逗留海滩的四个月当中，任何东西都不会合他的胃口，所以通常情况下，他的脾气都很坏。马特卡知道最好不要顶嘴，所以她向四周看了看后说道："你真体贴啊，占的还是老地方。"

"我认为该做的，我都做到了，"西卡其说，"看看我的伤。"

他身上到处是一条条的抓痕，有二十几处抓伤，流着血，一只眼睛都快掉出来了。

"哦，你们总是这样！"马特卡边说边用尾鳍给自己扇着风，"为什么你们不能理智点，用比较温和的方式解决你们的位置问题呢？你看起来像是一直在跟虎鲸打架。"

白海豹

"这个季节的海滩非常拥挤，我已经遇到了至少 100 只海豹，他们是从卢侃农海滩来这里安家的。为什么他们就不能待在属于自己的地方呢？"

西卡其骄傲地把脑袋埋进肥厚的肩膀间，假装要睡几分钟，其实他一直在密切地注意着周围的打斗。

由于所有的海豹和他们的配偶都到了沙滩上，所以就算海上刮过最猛烈的狂风，你也能在几千米之外听到他们的喧闹声。海滩上少说也有超过 100 万只海豹。成群的海豹，有的正在海里，有的正从海里爬出来，海滩上每一处目光所及的地方都躺满了海豹。

考提克——马特卡的孩子，就出生在这种混乱之中。他头大肩宽，有着淡蓝色的眼睛，但是他皮毛上的某些东西吸引了他妈妈的眼球。

"西卡其，"马特卡说，"我们的宝宝长大后皮毛会是白色的。"

"什么？"西卡其喊道，"从来没有这种事。"

"这我也无能为力，"马特卡说，"现在就已经有些白毛了。"

她唱起了低沉哀婉的海豹之歌，所有的海豹妈妈都会给她们的宝宝唱这首歌谣，这是为了教他们了解本族的生活方式。当然，刚开始的时候，小家伙们都不理解。他们只知道在妈妈身边戏水、攀爬，在爸爸跟其他海豹在光滑的岩石上翻滚咆哮着打架时，他们要学习避让。马特卡常常下海觅食，小宝宝虽然两天才进食一次，但是每次都能饱餐一顿。

当妈妈离开的时候，考提克就爬到游乐场去，那里有几万只跟他一般大小的海豹像小狗一样在玩耍。当马特卡回来的时候，她常常直接去游乐场找考提克。听到考提克的叫声后，她会用她的前鳍闯出一条路来，一直走向考提克，把那些挡道的小海豹们都掀到两边。

小海豹们跟小孩儿一样不会游泳。考提克第一次下海就被一个浪头卷进淹没头顶的水里，他的大脑袋沉了下去，小小的后鳍翘了起来，如果不是第二个浪头把他打了回来，他可能就给淹死了。他用了整整两个星期才掌握了安全游泳的必要技巧。你可以想象他跟自己的同伴们一起度过的那些时光。他们会经常钻到大浪底下，或者游到高高的浪顶，然后随着大浪急冲上沙滩，重重地摔到岸上。有时，他会在海面上看到薄薄的鳍，跟大鲨鱼的鳍很相似，那鳍沿着海岸附近漂移。他知道那是杀手鲸，是专吃小海豹的虎鲸。每当这时，考提克就会像箭一样向海岸逃去，那鳍就会慢慢漂走，好像他根本没有在寻找什么。

十月底，海豹们开始举家离开圣保罗岛去深海。再也没有成年海豹们为育儿而打架了，单身汉们可以到处玩耍了。

马特卡对考提克说："明年你就是一个单身汉了。不过，今年你必须学会怎么抓鱼。"

他们一起出发，横穿太平洋，马特卡给考提克提示，当他的皮肤在水中发痒的时候，就意味着坏天气要来了，他必须尽力游，以便逃脱。

"你怎么知道游去哪里呢？"他问。

旁边一只年长一点的海豹无意中听到了这个问题,他回答道:"当你在赤道的北边感到尾巴痒的时候,你就去南边;当你在赤道南边感到尾巴痒的时候,你就向北游。现在快走,这里的水感觉很糟糕。"

这是考提克学会的许多事情当中的一件,接下来的六个月里,他的尾巴从来没有接触过干燥的地面,他一直在学习。

一天,在远离胡安费尔南德斯岛的某处,考提克正在温暖的水里半躺着闭目养神,感觉晕乎乎、懒洋洋的,就像春风拂面时人类所感受到的那样。他想起了六万五千米外诺瓦斯托纳西那里美好而广阔的海滩,想起了他跟同伴们一起玩的游戏,想起了海草的味道,想起了海豹的吼声和打斗。

就在那一刻,他转身向北稳稳地游了起来,在他前行的时候,他碰到了许多以前的伙伴,他们都去同样的地方。他们说:"你好,考提克,今年我们都是单身汉了,我们可以在卢侃农的波浪里跳火焰舞,在新长出的草地上玩耍。可是,话说你从哪里弄了那件外衣?"

现在考提克的毛几乎是纯白色的,虽然他为此感到骄傲,但他并没有对此做出评价,仅仅向同伴说道:"快点游吧!我的骨头想念陆地了。"然后他们都来到了出生时的海滩,听到了成年海豹——他们的父辈在起伏的薄雾中打斗的声音。

当晚,考提克跟年轻的海豹们跳起了火焰舞。夏日的夜晚,从诺瓦斯托纳西到卢侃农之间的大海充满了红光。每只海豹都在身后留下了一条闪光的痕迹，就像燃烧的油一样，每当他们跳起的时候，就闪出一道火焰般的光芒。波浪翻滚着，涌出一道道巨大的闪光条纹。他们进入内陆的单身汉营地，在新长出的野生麦草上滚来滚去，讲述着他们在海里所发生的事情。

过了一会儿，两个黑头发的男人从后面的沙堆走了过来，他们的脸是扁平的，泛着红光。考提克以前从来没有见过人类，所以他咳嗽着低下了头。单身汉们只是匆忙离开了几米远，坐在那里傻傻地看着。这两个人是岛上的海豹狩猎者头领凯利克布特林和他的儿子帕塔拉蒙。他们从离海豹育儿所不足 800 米的小村庄过来，正在考虑把哪些海豹赶到屠宰围栏里面——因为海豹可以像绵羊那样被驱赶——海豹考提克就出现了。

"嗬！"帕塔拉蒙说，"看啊，有一只白海豹！"

凯利克布特林满是油烟的脸瞬间变得煞白，他可是阿留申人，皮肤原本是深色的。他开始祈祷。

"不要碰他，帕塔拉蒙。从我出生到现在，从来没有见过白海豹。没准他是老扎哈罗夫的鬼魂。他去年在一场大风中失踪了。"

"我不会靠近他的，"帕塔拉蒙说，"他不吉利。你真的认为是老扎哈罗夫的鬼魂又回来了吗？"

"不要看他，"凯利克布特林说，"赶着那些四岁大的海豹离开吧，今天工人应该剥好 200 张皮子。快点！"

白海豹

117

帕塔拉蒙击打着前排单身汉们的肩胛骨，海豹们完全愣住，停下不走了。他走近些时，海豹们才又开始移动，凯利克布特林领着他们往内陆走，而他们根本就没为争取回到他们的同伴中而努力。许许多多的海豹看着他们被驱赶，仍继续玩着刚才的游戏。

　　考提克是唯一一个脑子里充满疑问的海豹，但是他的同伴除了告诉他人类每年都有一两个月的时间用那种方式驱逐海豹以外，对其他的情况都一无所知。

　　"我要尾随他们。"他说。当他沿着兽群的踪迹追赶的时候，眼珠都快从眼眶里瞪出来了。

　　"那只白海豹跟过来了，"帕塔拉蒙喊着，"海豹独自来到屠宰场，这可是头一回。"

　　"嘘，不要朝你的后面看，"凯利克布特林说，"那是老扎哈罗夫的鬼魂！我必须把这件事跟神父说一说。"

　　从这里到屠宰场只有不到800米的路程，但是他们走了一个小时，因为凯利克布特林知道，如果海豹们走得太快，体温就会升高，那样当他们被剥皮的时候，皮子就会成块地掉下来。所以他们走得特别慢，一直走到盐屋。盐屋的位置刚好在海滩上海豹们的视线之外。

　　考提克跟在后面，喘息着，疑惑着。他认为自己已经走到了世界的尽头。但是，他身后传来了育儿所的吼叫声，像火车穿过隧道的声音。凯利克布特林坐在一块苔藓上，掏出手表，让海豹群凉快了30

分钟。考提克能听到露珠从凯利克布特林的帽子边缘滴下来的声音。然后一二十个人走了过来，手里拿着大约一米长的坚硬的棍棒。凯利克布特林指出了海豹群中两三只被同伴咬伤或者是太热的海豹，然后他们就用沉重的大靴子把那些海豹踢到了一边。凯利克布特林说："开始吧。"之后他们就用棍棒快速地击打海豹们的脑袋。

十分钟之后，考提克就再也认不出他的朋友们了，因为他们的皮从鼻子到后鳍都被扯开，剥掉后扔在地上，堆成了一堆。这对考提克来说已经足够恐惧了。他转过身，带着恐惧飞奔（海豹可以在很短的时间里快速飞驰）回了大海。在海狮之颈，大海狮们坐在海浪的边缘。考提克冲进凉爽的海水中，在那里痛苦地喘着粗气，随波摇摆。

"谁在那儿呢？"一只海狮没好气地问道。因为海狮们在原则上是不跟外界来往的。

"他们正在屠杀海滩上所有的单身汉！"考提克喊着。

海狮把头转向内陆的方向。"胡说八道！"他说，"你的朋友们跟以前一样在吵闹。你肯定是看到凯利克布特林飞快地处理了一群海豹吧。他那么做已经有30年了。"

"太可怕了。"考提克说。

"我相信从你的角度来看，这件事是很可怕。但是你们海豹年复一年地来这里，人类当然知道了。除非你们能找到一座人类从未涉足的岛屿，不然你们就会常常被驱赶。"

119

"难道没有那样的岛屿吗？"

"我跟着各种各样的鱼游了20年，也没有找到那样的岛屿。不过看这里——你好像很喜欢跟自己的长辈交谈——你可以去海象岛，跟西维奇谈谈，他也许知道点儿东西。"

考提克认为这是个不错的建议，所以他直接去了海象岛。海象岛是位于诺瓦斯托纳西东北部的一座比较低的岩石岛。

他在离西维奇很近的地方上了岛，那是一只毫无礼貌的北太平洋海象。这只海象庞大丑陋，有着肥胖的脖子，长长的牙齿——当时他正在睡觉。

"醒醒！"考提克大叫道。

"嗬，那是什么？"西维奇说着，用长长的牙齿碰了一下旁边的海象让他醒过来。旁边的海象再叫醒自己身边的其他海象，直到所有的海象都醒了，他们东张西望，就是不看考提克这边。

"嗨，是我。"考提克在海浪里漂浮着说。

"哦，剥了我的皮吧。"西维奇说。他们都看着考提克，就像一群老绅士盯着一个小男孩。

考提克那个时候是一点都听不得剥皮的事情，他所看到的一切都让他毛骨悚然。所以他大声喊道："有没有哪只海象去过人类没有去过的地方？"

"自己去找吧，"西维奇闭上眼睛说，"我们正忙着呢。"

考提克像海豚一样跳到空中，拼命喊道："吃蛤蜊的家伙！"他知道西维奇这辈子从没抓到过一条鱼，他常常以吃蛤蜊和海草为生，虽然他平时总是假装自己是个很可怕的家伙。

岛上的那些老是伺机欺负海象的动物也跟着一同喊起来。他们喊叫了约五分钟，海象岛上吵闹得就算有枪声都听不到。所有的动物都在尖叫："吃蛤蜊的家伙！"

西维奇左右摇摆，尴尬极了。

"现在，你要告诉我吗？"

"去问问海牛，"西维奇说，"如果他还活着，他就能告诉你。"

"当我遇到海牛的时候，我怎么能知道是他呢？"考提克边游边问。

"他是海里唯一一比西维奇还丑的家伙。"一只小鸟在考提克鼻子下面盘旋着，用尖细的声音告诉他说。

但是，考提克游回诺瓦斯托纳西后，发现没有一只海豹赞成找个人类从未涉足的岛屿这一想法。他们告诉考提克，人类总是驱赶单身汉们——这是他们工作的一部分——如果他不想看到丑陋的事情，就不应该去屠宰场。但是，其他的海豹都没有目睹过屠宰的场面，这就是考提克跟他的朋友们最主要的区别。

"你要做的，"西卡奇在听到儿子的冒险想法之后说，"是快快长成一只像爸爸这样的大海豹，然后在海滩上找到一处育儿所，

白海豹

那时他们就不会来打扰你了。另外的五年你需要为自己而战。"

连他温柔的妈妈马特卡也说："你永远都不能阻挡屠杀，去海里玩吧，考提克。"

考提克闷闷不乐地离开了，然后麻木地跳起了火焰舞。

因为脑中有自己的想法，所以那年秋天他很早就离开海滩独自出发了。他要去找海牛，如果大海中真的有这么一种动物的话。他要找到一个安静的场所，那里有着美好松软的海滩供海豹居住，人类无法捕捉到他们。他自己从南太平洋找到北太平洋，一天一夜游了500千米。他经历了无数的险境，有几次甚至险些被几条鲨鱼抓住。但是，他一直没有碰到海牛，也没找到他想象中的岛屿。如果海滩不错，地平线上总会有轮船喷出的浓烟，考提克知道那意味着什么。要不然就是有海豹曾经来到这座岛屿，然后被杀光了。考提克知道，只要人类去过一次的地方，他们就会再去。

他花了五个季度寻找自己想象中的岛屿，每年在诺瓦斯托纳西休息四个月。但是他去过的每个地方都能看到人类留下的痕迹。一次，当他游到太平洋外数千米，到达一个叫考利安斯角的地方时，他发现岩石上有几百只不健康的海豹。他们告诉考提克，人类也来过这里。

这几乎伤透了考提克的心，于是他绕过和恩岛回到了自己的海滩。在他向北游的路上，他到了一座绿树葱葱的岛屿。他在那里发现了一只奄奄一息的老海豹，考提克给他抓鱼吃，并把自己的伤心事告诉了他。

"唉，"考提克说，"我要回诺瓦斯托纳西了，就算是跟其他单身汉一起被赶到屠宰场，我也不在乎了。"

老海豹说："再试一次吧。我是已经灭绝的摩萨福埃拉海豹家族的最后一只。在人类成千上万地屠杀我们的那段日子里，海滩上流传着一个故事，说总有一天，会有一只白海豹从北边游过来，带领海豹家族去一个安静的地方。我老了，不能活着看到那一天了，但是别的海豹可以。再试一试吧。"

然后，考提克说："我是海滩上出生的唯一一只白海豹，而且无论黑的白的，我也是唯一一只想寻找新岛屿的海豹。"

老海豹的话极大地鼓舞了考提克。

那年夏天，当他回到诺瓦斯托纳西时，他的妈妈马特卡恳求他结婚并定居下来，因为他不该是个单身汉了，而是一只跟他爸爸一样壮实凶猛的成年海豹了。

"再给我一个季度。"他说，"妈妈，别忘了，我总是能到达最远的海滩。"

奇怪的是，有另外一只海豹也认为她可以推迟到明年再结婚。在考提克出发进行他的最后一次探险的前一夜，她跟他在卢侃农的海滩上跳起了火焰舞。这一次他向西走，因为他每天至少需要吃掉 40 千克鱼才能保持良好的状态，所以他得跟在一大群鱼的后面。

白海豹

考提克追赶着他们，等到自己筋疲力尽了，就蜷起身子，躺在考泊岛岸边的洞里。他对这片海岸相当熟悉。所以，午夜时分，当他感觉到自己被轻轻地撞向海草的床时，他说："今晚的潮汐好像有点活跃。"他在水下转了个身，慢慢地睁开眼睛，伸了伸懒腰。然后他看到有一个庞然大物一边在水里搜寻着，一边吃着海草边上肥厚的叶子。他像猫一样蹿了过去。

　　"以麦哲伦海峡巨浪的名义！"他说，"这些深海中的家伙是谁啊？"

　　他们跟海象、海狮、海豹、鲸、鲨鱼，以及考提克曾经见过的所有鱼都不一样。他们的身体有六到九米长，没有后鳍，倒有一条好像湿皮革做成的铲子形状的尾巴。他们的脑袋看起来再愚蠢不过了。他们不吃草的时候，就在深水中用尾巴尖保持平衡，彼此严肃地互相鞠躬，就像胖人挥舞着胳膊那样挥舞着他们的前鳍。

　　"打扰一下，"考提克说，"不错的运动，先生们。"

　　那些大家伙们以鞠躬和挥舞前鳍作为回答。当他们又开始吃草时，考提克看到他们的上唇裂成了两部分，大概30厘米的样子。当裂口间塞满大量海草的时候，两片唇还可以合上，然后他们贪婪地咀嚼了起来。

　　"好麻烦的进食方式！"考提克说。他们又开始鞠躬了，考提克开始没耐心了，"不管怎样，我想知道你们的名字。"

裂开的嘴唇开始蠕动，绿色的眼睛干瞪着，但是他们没有开口说话。

"天哪！"考提克说，"你们真是比西维奇还丑——而且很没有礼貌。等等，你们肯定是海牛！"

海牛们继续吃着水草，考提克的鳍尖因激动而不停地颤抖。他用旅行中学到的各种语言向海牛们提问，可是海牛们没有回答，因为海牛不会说话。海牛的脖子上本来应该有七块骨头的地方只长了六块。据说，在海底，这种情况使海牛无法跟同伴交流。但是他们的前鳍有多余的一块肉，他们就是通过上下摆动这块肉，发出类似电报的信号这种笨拙的方式进行交流的。

天亮的时候，海牛开始极其缓慢地向北游，他们时不时停下来，进行可笑的鞠躬会议。考提克跟随着他们，自言自语："像这么白痴的家伙，如果没有找到某座安全的岛屿，肯定早被杀掉了。我真希望他们能快点游回他们居住的地方。"

对于考提克来说，这种工作真是烦透了。因为海牛们一天的游程从来不会超过 70 千米，晚上还要进食，一直在靠近海岸的地方活动。考提克一会儿绕着他们转圈，一会儿游到他们上面，一会儿游到他们下面，但是即便这样，他也没办法让海牛们多游 800 米。他们向北游了一段时间，每隔几个小时就开一次鞠躬会议。考提克的耐心快要被磨完了。但是当他看到海牛们在追随一股暖流时，他开

白海豹

始尊重他们了。

有一天晚上，海牛们像石头般沉入水中。自从他认识海牛们以来，这还是他第一次看到他们飞快地游泳。考提克跟在后面，海牛们的速度开始让他惊讶，因为他从来没想过海牛们居然是游泳高手。海牛们游向岸边的峭壁——峭壁直插入深水，然后他们钻入峭壁底部距水面约 40 米的暗洞。那是一次长得不能再长的游行。在海牛们领着他穿过黑暗的隧道之前，考提克就特别渴望呼吸新鲜空气了。

当考提克在隧道的那端浮出水面，来到一片宽阔的水域时，他大口喘着粗气说："我的上帝啊！好长的潜水啊，不过很值得。"

海牛们分散开来，开始沿着海滩的边缘吃草。这是考提克见过的最好的沙滩，这里有绵延数千米的光溜溜的岩石，极适合做海豹的育儿所。在他们的身后，还有松软的斜坡沙地，极适合做游乐场。有巨浪供海豹们在里面跳舞，有长长的草地可以用来打滚，有沙丘可以爬上爬下。最好的是，凭着对海水的感觉，他知道这里从来没有人类来过。这种感觉是不会欺骗一只真正的成年海豹的。

考提克做的第一件事情，就是确认这里是否适合捕鱼。他沿着海滩游着，数着那些小沙丘，这些低矮的小沙丘半掩在缭绕的雾霭中，看起来既美丽又让他感觉很舒服。海的北面是一排由沙洲和岩石围成的小岛群，它们的存在让海滩在十千米之内不会有船只进来。小岛群和陆地之间有一个深水区，一直延伸到峭壁那里，隧道的入口就在峭壁的下面。

"简直是另一个诺瓦斯托纳西，不过比它要好上十倍，"考提克说，"海牛们比我想象的要聪明百倍。人类无法从峭壁上下来，就算是人多也不行，因为那里的岩石会把船只撞成碎片。如果海里还有个地方安全，那就是这里了。"

这时，考提克想起了留在诺瓦斯托纳西的海豹们，虽然急于回去，但他还是彻底地巡查了这个新的国度，这样他就可以回答所有的问题了。

他重新潜入水中，确认了隧道的入口后就飞快地穿过隧道向南游去。只有海牛或者海豹才会想到有这样一个地方。当他回头看那峭壁的时候，考提克自己都不敢相信自己到过那下面。

虽然他游得很快，但还是用了六天才到诺瓦斯托纳西。当他从海狮之颈露出脑袋时，第一个映入他眼帘的就是那只一直在等他的海豹。那只海豹从他眼中的神采得知，他终于找到了安全的岛屿。

所有的单身汉，还有他的父亲西卡奇，以及其他的海豹们，听考提克说了他发现的地方之后，都开始嘲笑他。一只跟他年龄相仿的海豹说："这一切都非常好，可是你不能从不知名的地方回来后，就要求我们离开。记住，我们一直在为育儿所打斗，可是你从来没有这样做过，你更愿意在大海中游荡。现在我们能离开吗？"

其他的海豹都笑了起来，这只年轻的海豹将脑袋扭来扭去，他

白海豹

刚结婚，对此有点小题大做。

"我不需要为育儿所打斗，"考提克说，"我只想告诉大家一个安全的地方，打架有什么用呢？"

"哦，如果你想退出，我们也无话可说。"那只年轻的海豹大声地嘲笑起来。

"如果我赢了，你会跟我走吗？"考提克说。他的眼里泛着绿色的光芒，因为他对迫不得已的打架很恼火。

"很好，"年轻海豹满不在乎地说，"如果你赢了，我就跟你走。"

年轻海豹已经来不及改变主意了，因为考提克的脑袋已经伸了出来，他的牙齿已经咬进了年轻海豹肥厚的脖子里。考提克坐在年轻海豹的后鳍上，把他拖到海滩上，撕咬着，把他打翻在地。然后，考提克冲着海豹们咆哮起来："为了你们，过去的五个季度我拼尽了全力。我已经找到了能让你们安全的小岛。但是，除非我将你们的脑袋从你们愚蠢的脖子上拽下来，否则你们是不会相信有这个地方的。现在我要好好教训一下你们。你们可要当心了！"

李默新说，他每年都会看到上万只海豹打架。但是在他幼小的生命中，他从来没见过什么事情能比考提克冲进育儿所更让他震惊。考提克不顾一切地扑向他能找到的最大的海豹，咬住他的喉咙，让他喘不过气来，拼命摔打着直到他求饶为止。然后考提克放过他，开始攻击下一个。他的眼睛里燃烧着火焰，他的大牙齿闪闪发光，他看起来威猛无比。

老西卡奇，他的父亲，看着他撕咬着冲过去，拖拽着灰色的大海豹们，好像他们只是普通的小鱼。他把单身汉们撞得东倒西歪。老西卡奇大吼了一声，高声喊道："他也许是个傻子，不过他的确是海滩上最棒的斗士！不要对付你的父亲，我的儿子，我站你这边！"

考提克吼叫了一声作为回答，老西卡奇也加入到他的战斗中。那是一场壮观的打斗，因为只要有哪只海豹敢抬头，他们就会冲过去。当所有的海豹都俯首称臣，他们才大声吼叫着，肩并肩在海滩上威武地走来走去。

那天晚上，当北极光透过薄雾开始闪烁的时候，考提克爬上了一块光滑的岩石，向下凝望着那些皮开肉绽鲜血直淌的海豹们。

"喂，"他说，"我已经教训过你们了。"

"天哪！"老西卡奇说，因为伤势过重，他挣扎着站起来，"就是虎鲸也不能把海豹们打得如此狼狈。儿子，我真为你感到骄傲，而且，我要跟你一起去你的小岛——如果真的有这么一个地方的话。"

"听着，你们这些海里的肥猪，谁想跟我一起去海牛隧道？快回答，要不然我就再教训你们一顿。"考提克吼叫着。

海滩上的低语声像潮汐的波纹一样响起来。"我们去。"成千上万只海豹疲惫地回答道。

"我们跟随考提克，跟随这只白海豹。"

白海豹

然后，考提克把头埋进双肩，骄傲地闭上了眼睛。现在他不再是一只白海豹了，他身上鲜血淋漓。尽管如此，他一点都不在意那些伤口，不看也不管。

一个星期后，考提克率领着他的大军（大约一万只单身汉和成年海豹）向北出发，去海牛隧道。留守在诺瓦斯托纳西的海豹们认为他们是白痴。但是，第二年春天，当他们在太平洋的捕鱼场见面的时候。当初跟随了考提克的海豹们讲了许多关于海牛隧道尽头的新海滩的故事，于是越来越多的海豹离开了诺瓦斯托纳西。当然，这一切不是一蹴而就的，因为海豹们不够聪明，他们需要很长时间去转变头脑中的观念。但是，随着一年年过去，越来越多的海豹离开诺瓦斯托纳西，离开卢侃农，离开那些育儿所，去往安静的庇护所——海牛隧道尽头的新海滩。在那里，考提克整个夏天都会坐在海滩上，每年都会变得更庞大、更肥硕、更强壮。单身汉们在他身边，在那片人类从未涉足的大海里嬉戏玩耍。

二 卢侃农

这是一首伟大的深海之歌，所有圣保罗的海豹在夏天游回自己的海滩时都会唱这首歌。这是一首非常哀伤的海豹之歌。

我在清晨遇到我的伙伴（哦，可是我已成年），

他们在岩石上咆哮，在夏日的海浪里翻滚着；

我听见他们的高声合唱淹没了波浪的声音，

卢侃农的海滩——两百万声音在高唱。

在盐池旁唱起欢快的驿站之歌，

大批海豹唱起海豹之歌，

午夜时分，在火焰般的海洋中唱起舞蹈之歌，

卢侃农的海滩——猎人到来之前。

我在清晨遇到我的伙伴（我们永远不会再次相遇），

他们加入了被驱逐的队伍。

整个海岸，黑压压一片，

我们向陆地上的聚会欢呼，

我们在海滩上为他们歌唱，

卢侃农的海滩——冬海草如此之高。

海雾打湿那被水折弯的海草，

游乐场的平台，光亮平坦，

卢侃农的海滩——那是我们出生的家园！

我在清晨遇到我的伙伴，他们手折脚断，七零八落，

人类在水中射杀我们，在陆地上棒击我们，

人类驱赶我们去盐屋，像驱赶一群温驯愚蠢的绵羊，

而我们，还在歌唱卢侃农——在猎人到来之前。

我的伙伴们，请转身吧，转身去南方，走吧！

告诉深海的居民我们悲伤的故事，

那里空空如也，风暴把鲨鱼卵冲上海岸，

卢侃农的沙滩再也不认识他们的儿子了。

里基提基

一　里基—提基—塔维

红眼睛钻进洞里，

向着皱皮肤喊道：

"奈格，出来跟死神跳舞！"

四目相对，短兵相接。

（继续任意妄为吧，奈格！）

一方死亡，才算结束。

（悉听尊便，奈格！）

翻转，扭打，

（跑开藏起来吧，奈格！）

哈哈！戴兜帽的死神失手！

（你是我的了，奈格！）

这个故事讲的是里基—提基—塔维单枪匹马作战的伟大故事。故事发生在赛格力军营中一所大房子的浴室里面。小鸟达尔奇提供了帮助，鼬鼠丘丘德尔提出了建议。丘丘德尔总是蹑手蹑脚地在墙边转，从来没有到过地板的中央。

里基—提基—塔维进行了真正的战斗。他是一只獴，他的毛和尾巴跟猫的毛和尾巴十分像，脑袋和习惯又跟鼬鼠类似，有着粉红色的眼睛和好动的鼻尖。他能用任何一条腿——前腿或者后腿——给自己身体的任何地方抓痒。他能让自己的尾巴变得愈发毛茸茸的。因此，他的尾巴看起来像一个瓶刷。他穿过长长的草地，发出战斗的呼喊声："里基—提基—塔维！"

一天，一场夏天的大洪水把他从跟父母一起住的洞穴里冲了出来，他顺流而下，踢打着，尖叫着，被冲到了路边的沟里。他发现一簇青草在那里漂浮着，所以他就抓住了这簇青草一直到失去知觉。等他苏醒过来，发现自己正躺在烈日下花园小径的中央，身上又潮又脏。一个小男孩说："这是一只死了的獴，让我们埋了他吧。"

"不，"他的母亲说，"我们把他带进屋烘干他吧，也许他并没有真的死掉。"

他们把他带进了屋里，一个大个子男人用食指和拇指捏着他说："他没有死，只是几乎窒息了。"他们用棉花把他包了起来，放在小火上烤。于是他睁开眼睛，打了个喷嚏。

"哎，"大个子说（他是一个刚搬到这房子里的英国人），"别吓着他，我们看看他会做什么。"但实际上，吓到一只獴是这世界上最难的事情，因为他从鼻子到尾巴都充满了好奇。獴家族的格言是："跑过去看看出了什么事情。"里基提基（让我们称他为里基提基）是一只真正的獴。他看了看棉花，确定它不好吃，所以绕桌子跑了一圈，然后坐下整了整自己的毛，抓了抓痒，接着又跳到了小男孩的肩膀上。

"不要害怕，泰迪，"小男孩的爸爸说道，"他不过是想和你交个朋友。"

"哎哟，他正在给我的下巴挠痒。"泰迪说。

里基提基从男孩的领子和脖子间往下看了看，还闻了闻他的耳朵，然后跳到地板上，坐在那里揉自己的鼻子。

"真可爱，"泰迪的妈妈说，"他是一只野生的獴！我想他这么温驯是因为我们一直对他很友善吧。"

"所有的獴都是这样的。"泰迪的爸爸说，"如果泰迪不抓着他的尾巴把他拎起来，或者把他放进笼子里，他会一整天都在房子里跑进跑出。给他点儿吃的东西吧。"

他们给了他一小片生肉，里基提基非常喜欢。吃完后，他来到外面的走廊上，坐在阳光下让他的毛完全干透。然后他感觉舒服多了。

"这间房子里还有很多未知的东西等待我去发现，"他心想，"也许我的发现比我们家族一辈子能发现的还要多，我当然要留下来。"

那一整天他都在察看这所房子。他差点把自己淹死在浴缸里，还把鼻子扎进了写字台上的墨水瓶里，还被大个子男人的烟头烫伤了鼻子，因为他爬到大个子男人的膝盖上去看字是怎么写成的。晚上，他跑去泰迪的儿童室看煤油灯是怎么点着的，泰迪上床睡觉的时候，他也爬了上去。但他是个不安分的家伙，因为他整夜都在倾听各种噪音，然后找出那些噪音是什么东西发出来的。泰迪的父母进来，吃惊地看到和他们的孩子一起进房间的里基提基还未睡着。

"我不喜欢这样，"泰迪的妈妈说，"他也许会咬孩子。"

"他不会咬孩子的，"泰迪的爸爸说，"泰迪跟他在一起比跟一只猎犬在一起还安全。如果一条蛇现在进入儿童室——"但是，泰迪的妈妈不愿意去想那么可怕的事情。

清晨，里基提基骑在泰迪的肩膀上离开房间，然后从泰迪的身上爬下来走到走廊吃早饭，他们给了他一根香蕉还有一些煮熟的鸡蛋。他挨个轮流坐在所有人的膝盖上，因为每一只有教养的獴都希望有一天能成为一只家养的獴，可以有很多房间跑着玩。而且，里基提基的妈妈（她过去住在赛格力将军的家里）曾经很认真地告诉过里基提基，如果他碰到人类应该怎么做。

里基提基来到花园，想看看是否有什么好玩的。那是个很大的花园，只有一半被用来耕种。这个花园有像凉亭那么大的玫瑰丛，还有酸橙树和橘子树，以及一片竹林和一块草坪。

里基提基舔了舔嘴唇说："这里真是个绝好的狩猎场地。"他在花园里跑上跑下，闻东闻西，直到听见荆棘丛中传来悲伤的声音。

是缝叶莺达尔奇和他的妻子，他们用细草把两片大叶子缝起来，做了个漂亮的窝，并在窝里垫上了棉花和软席。现在，他们正坐在晃来晃去的窝边哭呢。

"怎么了？"里基提基问。

"我们太不幸了，"达尔奇说，"昨天我们的一个小宝宝从窝里掉下去了，奈格把他吃了。"

"哦！"里基提基说，"那真是太不幸了。不过，我是刚来这里的，奈格是谁？"

达尔奇和他的妻子没有回答，只是缩回了窝里。因为从灌木丛下厚厚的草丛中传来了低沉的嘶嘶声——这种可怕的、让人不寒而栗的声音也让里基提基向后退了半米。然后，奈格从草丛中一点一点地探出了他的脑袋和伸展的兜帽。原来是一条大黑眼镜蛇，从舌尖到尾巴有一米多长。当他将自己三分之一的身体从地面抬起来时，他保持着平衡，晃来晃去，像极了在风中摇摆的花。他带着永远不变的邪恶表情盯着里基提基。

"谁是奈格？"他说，"我就是奈格。当天神布拉姆睡觉时，第一条眼镜蛇伸展开兜帽为他遮挡阳光。从那时起，天神布拉姆就

137

把记号留在了我们家族身上。看吧，害怕吧！"

他把兜帽伸展得比平时还大，里基提基看到了兜帽后面奇异的标记，像极了扣起来的纽扣扣眼。有那么片刻，他感到害怕，但是一只獴的恐惧是不会持续多久的。虽然里基提基之前从来没有见过活着的蛇，但是他的母亲曾经喂他吃过死蛇，而且他知道，一只成年的獴毕生的事业就是跟蛇作战并吃掉蛇。

奈格也清楚地知道，在自己冰冷的心底是非常害怕獴的。

"哦，"里基提基说，他的尾巴开始变得饱满，"先不管记号，不过你认为吃掉一个掉出窝的小宝宝是正确的吗？"

奈格沉浸在思考中，关注着里基提基身后草丛的微妙变化。他知道，花园里的獴对他和他的家族来说，意味着迟早会面临的死亡。但是，他想让里基提基放松警戒，于是他稍微低了低头，然后把头歪向一边。

"咱们谈谈吧！"他说，"你吃蛋，为什么我就不能吃鸟呢？"

"你后面！看你后面！"达尔奇的妻子对里基提基叫道。

里基提基知道，回头看是浪费时间，所以他尽可能高地跳到空中。纳吉娜刚好从他身下飞奔而过。

纳吉娜是奈格邪恶的妻子，她在里基提基说话的时候，爬到了里基提基的身后，想结果了他。

在她攻击失手之后，里基提基听到了她凶残的嘶嘶声。他跳下来时几乎落在她的背上。如果里基提基是一只成年的獴，他就会知道，那个时候是一口咬住纳吉娜背部的最佳时机，但是他害怕蛇回击时的鞭打。他也确实咬住了纳吉娜，但只是刚咬住他就跳了起来。

纳吉娜皮开肉绽，异常恼怒。"缺德！缺德的达尔奇！"她拼尽全力向着荆棘丛中的鸟窝猛抽。可是，达尔奇把鸟窝建在了蛇够不着的地方，所以鸟窝只是来回晃了晃。

里基提基感觉自己的眼睛变得又红又热（一旦獴的眼睛变红，就说明他已经发怒了），他像一只小袋鼠那样坐在自己的尾巴和后腿上，察看着四周，嘴里发出愤怒的吼叫。但是，奈格和纳吉娜已经消失在草丛中了。当一条蛇攻击失手之后，他绝对不会再给出任何迹象表明他的下一步打算。

里基提基并不想追逐他们，因为他不确定能不能同时攻击两条蛇。于是他跑到房子附近的岩石小路上，坐下来思考。对他来说，这是件很重要的事情。

里基提基知道，自己还是只小獴，想到自己刚刚成功避过一次偷袭，他很高兴，这给了他信心。当泰迪从小路上跑过来的时候，里基提基准备迎接他。

但是，正当泰迪弯腰的时候，尘土中有个东西动了一下，一个细小的声音说道："小心，我是死神！"那是克莱克，是一种在尘土中生活的棕色小蛇。一旦被他咬伤，和被其他的蛇咬伤一样危险。

里基提基

但是他太小了，没有人会注意到他，所以他对人类造成的伤害更大。

里基提基的眼睛再次变红了，他跳到了克莱克身上，摆出一副家族遗传的奇特的摇摆姿势。这种姿势虽然看起来很可笑，但它是一种非常完美而和谐的姿势，因为它能让獴向任何角度躲闪。在跟蛇打交道的过程中，这可是一种优势。要是里基提基知道，他现在正在做一件比跟奈格作战还危险的事情就好了。因为克莱克如此小，所以他能快速转身。除非里基提基贴近克莱克的后脑咬住他，不然里基提基的眼睛和嘴唇都会受到反击。但是里基提基不知道这一点。所以，他双眼通红，前后摆动，试图寻找一个最佳的角度。

克莱克出手了。

里基提基跳到一边，试图跑进屋里。但是那个邪恶的土灰色的小脑袋冲了过来，离他的肩膀只差那么一丁点儿。里基提基不得不跳起来躲避随着他的脚后跟追过来的蛇头和蛇身。

泰迪向屋内喊着："哦，快来看，我们的獴正在杀蛇呢。"

里基提基听到泰迪妈妈的一声尖叫之后，泰迪爸爸立即拿着一根棍子跑了出来。但是，当泰迪爸爸出来的时候，克莱克已经跑出去好远了，所以里基提基蹿了起来，跳上蛇背，将头深埋在两条前腿中间，紧紧咬住了蛇的后脑。那一口就让克莱克瘫软了。里基提基刚想按照獴族的习俗从尾巴开始把蛇吃光，就忽然想起，如果吃得太饱，容易让獴动作迟缓，他若想随时保持体力和速度，就必须保持身材苗条。

于是，里基提基走到油棕树下洗了个泥土浴。与此同时，泰迪的爸爸抽打着死蛇克莱克。

"那样做还有什么用呢？"里基提基想，"我已经将他解决了。"这时泰迪的妈妈从泥土中把里基提基抱起来，搂在怀里，哭着说他救了泰迪的命。泰迪的爸爸说里基提基真是个福星，而泰迪则睁着惊恐的大眼睛看着这一切。

里基提基觉得人类表现出的这种手忙脚乱很好笑，他不明白这是怎么回事。没准泰迪的妈妈就是这样宠爱在泥土中玩耍的泰迪的。想到这儿，里基提基感到相当开心。

那天晚餐时，他在餐桌上的酒杯间走来走去，他已经吃下了很多好吃的东西。虽然泰迪妈妈的爱抚以及坐在泰迪肩上都让里基提基很开心，但是想起奈格和纳吉娜，他的眼睛还是会时不时地变红，嘴里发出长长的战斗的呐喊："里基—提基—塔维。"

泰迪把里基提基抱到床上，坚持让他睡在自己的下巴底下。里基提基教养非常好，不咬不挠。等泰迪睡着了，他就下床围着房子来回行走。在黑暗中，他碰到了贴着墙根走的丘丘德尔。丘丘德尔是一只伤心的小鼬鼠，他整夜哭诉，试图下定决心跑到房间的中央。但是，他从来也没有到过那里。

"不要杀我，"丘丘德尔说，几乎要哭了，"里基提基，不要杀我。"

"你认为捕蛇者会杀掉鼬鼠吗？"里基提基生气地说。

"杀蛇的也会被蛇杀了，"丘丘德尔说着，比刚才更悲伤了，"我怎么能确定，在漆黑的夜里，奈格不会把我错当成你呢？"

"不会的，"里基提基说，"奈格在花园里，我知道你不可能去那里。"

"我的表兄，一只名叫乔尔的老鼠告诉我——"丘丘德尔刚开了个头，就停下不说了。

"告诉你什么？"

"别出声！奈格是无处不在的，里基提基，你应该去花园里跟我表兄谈谈。"

"我们还没谈，他到底告诉了你什么？快点，丘丘德尔，否则我就咬你了。"

丘丘德尔坐下来，哭得满脸泪痕。"我是只非常可怜的鼬鼠，"他抽噎着，"我从来没勇气跑到房间的中央。嘘！别出声！我什么也不能告诉你。难道你听不见吗，里基提基？"

里基提基侧耳听了听，房子里安静极了，但是他认为自己刚才听到了世界上最微弱的声音——就像是蜜蜂在玻璃窗上爬的声音，或者是蛇的鳞片在砖砌成的建筑物上摩擦的声音。

"那不是奈格就是纳吉娜，"他心想，"他正要爬进浴室的下水道，丘丘德尔说得没错，我该跟乔尔谈谈。"

他悄悄来到泰迪的浴室，那里什么都没有。他又去了泰迪妈妈的浴室，在平滑的灰泥墙底部，有一块砖被拿了出来，形成一个排水道，用来放走洗澡水。里基提基悄悄溜进安放浴缸的砖槽里，听到奈格和纳吉娜正在外面小声说话呢。

"当房子里没人了的时候，"纳吉娜对她丈夫说，"里基提基就得走了，那个时候花园就又是我们的天下了。轻手轻脚地进去，记住，要先咬死杀掉克莱克的那个大个子，然后出来告诉我，我们再一起对付里基提基。"

"但是，你确定杀了人类对我们有好处吗？"奈格问。

"当然。房子没人住的时候，花园里还会有獴吗？只要房子空了，我们就是花园的国王和王后。我们将会在瓜地里孵化出一群小蛇，这些小蛇一出世就需要空间和安静。"

"我没想到那些。"奈格说，"我去了，不过，我觉得我们没有必要猎杀里基提基。但是我会杀了那个大个子男人，还有他的妻子和孩子，然后悄悄离开。那个时候房子就空了，里基提基也就走了。"

听到这些，里基提基的心中充满了愤怒和憎恨。奈格的头从下水道的出口处伸了进来，接着是他那一米多长的冰凉的身体。虽然里基提基很愤怒，但是，当他看到这么大的蛇的时候，还是有点害怕。奈格把身体盘起来，昂起了头，在黑暗中探查着浴室。里基提基能看到他的眼睛闪闪发光。

"现在，如果我在这里杀了他，纳吉娜就会知道；如果我在开阔地跟他斗，他的胜算更大。我要怎么做呢？"里基提基想着。

奈格的身体摇来晃去，里基提基听到他在最大的水罐里喝水，那个水罐是用来给浴室添水的。

"很好喝。"奈格说，"哦，当克莱克被杀的时候，那个大个子男人手里还拿着一根棍子呢。不过当他早上来浴室的时候，他就不会拿棍子了，所以我要在这里等他来。纳吉娜，你听见我说话了吗？我要在这里享受凉爽一直到天亮。"

外面没有声音。于是，里基提基猜到纳吉娜已经走了。奈格把身体一圈一圈地盘在罐子的底部。里基提基像死了一样安静。一个小时后，他开始一点一点地向着水罐移动。奈格睡着了，里基提基看着他巨大的背，考虑着哪个地方是下手的最佳位置。

"如果我第一次跳起后没有弄断他的背，"里基提基说，"他就还能战斗，如果他一旦开始战斗——哦，里基提基你就麻烦了！"

里基提基看着奈格兜帽下面脖子的厚度，觉得那对他来说太厚了，但如果咬尾巴，只会让奈格疯狂。

"必须咬头。"最后里基提基说，"暴露在兜帽上面的头。而且，一旦咬住，绝不松口。"

然后，里基提基跳了起来。当时奈格的蛇头躺在水罐的旁边，在水罐弯曲部分的下面。所以当里基提基的牙齿咬到蛇头时，他的背部紧靠着水罐，将身子压低了，正好死死压住蛇头。他这样压着蛇头有几秒钟的时间，而且他充分利用了这段时间。然后，里基提基遭到了从美梦中惊醒的奈格的猛击，就像被狗咬着尾巴四处摔的老鼠一样，里基提基在地板上被来来回回、上上下下地摔着。但是他的眼睛是红的，他的身体被摔到地板上，打翻了肥皂盒和浴刷，又被摔在浴缸的边上。可他始终没松口，当他的牙齿越咬越紧时，他一度认为自己会被摔死。但是，为了家族的荣誉，他希望自己被发现的时候，牙齿是合着的。他感到头晕，疼痛，感觉被摔成了碎片。这时，他听到背后发出了炸雷一样的响声，一阵热风冲得他失去了知觉，红色的火烧到了他的毛。原来，大个子男人被噪音吵醒了，他在奈格的兜帽后面开了两枪。

里基提基紧紧咬住，闭上了眼睛，因为他现在非常肯定自己已经死了。但是，蛇头不动了。大个子男人把里基提基抱起来说："又是这只獴，爱丽丝，这个小家伙救了我们。"

泰迪的妈妈脸色苍白地走了进来，看了看奈格的尸体，然后把疲惫不堪的里基提基送回了泰迪的卧室。

那个晚上，里基提基多半都在轻轻挪动自己的身体，想看看他是不是跟自己想象的那样真的碎成了很多片。天亮时，他仍然很僵硬，但是他对自己的行为感到非常满意。

"现在我要对付纳吉娜了，她比奈格还要坏五倍。她提到过的

里基提基

蛋什么时候孵出来还不得而知。天哪，我得去看看达尔奇。"他说道。

还没吃早饭，里基提基就跑到了灌木丛中，在那里，他听见达尔奇正在那里高声唱着胜利之歌，奈格死亡的消息传遍了花园，因为仆人把他的尸体扔到了垃圾堆里。

"你这只长着羽毛的蠢东西！"里基提基生气地说，"这是唱歌的时候吗？"

"奈格死了！死了！死了！"达尔奇唱道，"勇敢的里基提基抓住了他的头，飞快地咬住，大个子男人拿着梆梆响的棍子，然后奈格就变成了两半！他再也不会吃我的宝贝孩子了！"

"不错，但是，纳吉娜在哪里呢？"里基提基边说边仔细察看着周围。

"纳吉娜去浴室的出口呼叫奈格，"达尔奇说，"然而，奈格是被挂在棍子的一头出来的，仆人把他挑在棍子的一头，扔到了垃圾堆里。让我们歌唱伟大的红眼睛里基提基吧！"达尔奇深吸了一口气，又唱了起来。

"如果我能爬上你的窝，就把你的宝宝们都扔出去！"里基提基说，"你就不知道在正确的时间做正确的事情！你在你的窝里是相当安全的，我却要在下面战斗。达尔奇，停止你的歌唱吧！"

"有什么事？哦，可怕的奈格的猎杀者！"达尔奇问。

"纳吉娜在哪里？"

"她在马厩旁边的垃圾堆里悼念奈格呢。有着白牙齿的里基提基真伟大！"

"别操心我的白牙齿了！你听说过她把蛇蛋放哪里了吗？"

"在甜瓜地里最靠近墙的那端，那里整天都能见到阳光。她几周前就把蛋藏在那里了。"

"你就从来没想过应该把这件事情告诉我吗？最靠近墙的那端，你说的是那里吧？"

"里基提基，你不是要去吃她的蛋吧？"

"确切地说，不是吃，不是。达尔奇，如果你还有一点头脑的话，你就应该飞到马厩那里，假装你的翅膀折断了，让纳吉娜追着你到树丛这里来。我必须去甜瓜地，要是我现在去，她会发现我的。"

达尔奇是个愚蠢的家伙，他的脑袋里面一次只能有一个想法。就因为他知道纳吉娜的孩子跟他的孩子一样都是卵生的，他首先想到的是杀死那些蛋不公平。但是，他的妻子是只非常聪明的小鸟，她知道那些蛇蛋如果孵化出来，就意味着会有更多的小蛇。所以她飞离鸟窝，留下达尔奇继续温暖宝宝们，继续唱奈格之死的歌。在某些方面，达尔奇的妻子跟男人很像。她落在垃圾堆那里，在纳吉娜面前挥动着翅膀，大声喊着："哦，我的翅膀断了！房子里的男孩向我扔石头，把我的翅膀弄断了。"然后她比刚才更绝望地扇动着翅膀。

纳吉娜抬起了头，发出嘶嘶声："在我想杀里基提基的时候，是你给他报了信。说实话，你这翅膀断得可真不是时候。"她在地上滑行，向着达尔奇妻子的方向逼近。

"男孩用石头打断了我的翅膀！"达尔奇的妻子尖声喊叫着。

"我要去找男孩算账，在你死之前听到这个消息，也许对你也是一种安慰。我的丈夫今天早上躺在了垃圾堆上。不过，今天晚上之前，房子里的男孩也会静静地躺下。跑有什么用？我一定会抓到你的。小傻瓜，看着我！"

达尔奇的妻子知道，最好别那么做，因为所有看到蛇眼睛的鸟都会被吓得不能动。

达尔奇的妻子继续拍打着翅膀，悲哀地叫着，却一直没有离开地面。纳吉娜加快了爬行的速度。

里基提基听到她们从马厩那边的小路过来了，就飞快地跑向墙边甜瓜地的尽头。在甜瓜地温暖的草窝里，他找到了二十五个被巧妙藏起来的蛇蛋，蛇蛋外面包着一层薄薄的白皮。

"我来得正是时候。"他说，因为他能看到在那层皮里面的小蛇蜷缩着。他知道，这些小蛇一旦被孵化出来，他们就能杀死一个人或者一只獴。他快速咬掉蛇蛋上面的皮，小心地把蛇蛋碾碎，然后把草窝掀了个底朝天，看看是否漏掉了哪个蛋。最后只剩下三个蛋了，里基提基放声大笑起来。这时，他听到了达尔奇妻子的尖叫声："里基提基，我把纳吉娜引到房子这里来了，她已经去走廊了，快点——她想杀人！"

里基提基又压碎了两个蛋，然后嘴里衔着最后一个蛋，向后滚出了甜瓜地，几乎脚不沾地向走廊跑去。

泰迪正在和父母一起吃饭。但是，里基提基看到，他们什么都没吃，而是僵在那里，脸色苍白。

因为纳吉娜正盘在泰迪椅子旁边的地板上，她轻而易举就能攻击到泰迪裸露的腿。此时，她正在前后摇摆，唱着胜利之歌。

"杀死奈格的大个子男人的儿子，"她嘶嘶地说着，"别动！我还没准备好呢，等一会儿，你们三个都别动！谁要是动一下我就先攻击谁，你们即使不动我也会攻击你们。哦，杀死奈格的愚蠢的人类！"

泰迪紧盯着他的父亲，而他的父亲束手无策，只是低声说："坐着别动，泰迪。不要动。泰迪，别动！"

然后，里基提基跑过来大声喊道："转过身来，纳吉娜。转过身来开战吧！"

"来得正好，"她说，但她连眼珠都没动一下，"我马上就跟你算账。看看你的朋友们，里基提基，他们一动不动，脸色苍白。他们害怕，他们不敢动，如果你敢靠前一步，我就对他们出手。"

"看看你的蛋，纳吉娜，"里基提基说，"靠墙的甜瓜地里。快去看看吧，纳吉娜。"

这条大蛇刚转过身，就看到了走廊上的蛋。"啊！把蛋给我！"

她说。

里基提基用爪子捧起了那个蛋，他的眼睛血红，说："为了这个蛋，你打算付出什么代价呢？这是这一窝中仅剩的一个。蚂蚁们正在甜瓜地里吃其他的蛋呢。"

纳吉娜赶快转过身，为了这个蛋，她忘记了一切。里基提基看到，泰迪的爸爸伸出一只大手，抓住泰迪的肩膀，一把将他拽过了放着茶杯的小桌子，安全地到了纳吉娜够不着的地方。

"上当了！上当了！纳吉娜！"里基提基大笑起来，"男孩安全了。是我昨晚在浴室里抓住了奈格的兜帽。"然后里基提基开始四腿并拢，一蹦一跳，脑袋几乎贴着地面，"奈格来回地摔我。但是，他就是不能把我摔下来，大个子男人把他打成两段之前他就死了。我做到了！来吧，纳吉娜。过来跟我打，很快你就不再是寡妇了。"

纳吉娜看到她已经丧失了杀泰迪的机会，而蛇蛋还在里基提基的手里。

"把蛋给我！里基提基，把最后一个蛋给我，我就走，永远不回来了。"她说着放低了她的兜帽。

"是的，你当然会走，而且你永远不会回来了，因为你也会去垃圾堆跟奈格在一起。开战吧，寡妇！大个子男人已经去拿枪了！开战吧！"

里基提基在纳吉娜的周围跳跃着，始终站在她的攻击范围之外。

151

他的小眼睛像热炭一样红。纳吉娜把身体蜷缩在一起，然后用力向他猛冲。里基提基跳起来，向后退。纳吉娜接二连三地出击，可每一次她的脑袋都撞在走廊的地板上，她把身体蜷缩得像钟表的压缩弹簧一样。里基提基转着圈跳舞，转到了她的后面，纳吉娜转过身来面对着里基提基。她的尾巴在地板上的运动发出像风吹动枯叶的声音。

里基提基已经忘记那个蛋还躺在走廊上了。纳吉娜离蛋越来越近，当里基提基喘气的时候，她趁机把蛋衔在嘴里，转向走廊的台阶，像箭一样穿过小路，里基提基紧紧跟在她的后面。蛇逃命的时候，快得像抽在马脖子上的鞭子。

里基提基知道，他必须抓住那条蛇，不然，一切的麻烦都会重演。他笔直地冲向荆棘丛旁边的高草丛。当里基提基奔跑的时候，他听到达尔奇还在唱着那首短小而愚蠢的胜利之歌。但是，他的妻子比较聪明。当纳吉娜冲过来的时候，她从窝里飞下来，在纳吉娜的脑袋边拍打。但是，纳吉娜只是低下了她的兜帽，又继续向前冲。

但是，这片刻的耽误让里基提基追到了她的跟前。当她冲进和奈格一起住过的洞时，里基提基的白牙已经咬进了她的尾巴里。因此，里基提基跟着纳吉娜钻进了洞里——几乎没有獴敢跟随蛇进蛇洞，无论他们多么聪明、多么老练。

洞里很暗，里基提基根本就不知道洞什么时候会变宽，会给纳吉娜腾出空间，让她转过身来攻击自己，所以他紧紧咬着纳吉娜的尾巴。后来，他的脚在黑暗而又闷热潮湿的斜坡上被卡住了。

然后，洞口的草丛停止了摇动。达尔奇说："里基提基完蛋了！我们该为他唱死亡之歌了，勇敢的里基提基死了！纳吉娜肯定会在地下杀了他。"

所以，他唱起了一首悲伤的歌，那是他刚才受到刺激编写的。当他唱到最感人的那部分时，草丛又颤动了起来，他看到里基提基满身是土，一步一步地爬出了洞，舔了舔自己的脸。达尔奇停了下来，吃惊地小声叫了一下。

里基提基抖了抖身上的毛，打了个喷嚏。"都结束了，"他说，"那个寡妇再也不会出来了。"

生活在草茎上的红蚂蚁听到了他的这句话，成群结队地跑下来，想去看他说的是不是真的。

里基提基在草地上蜷起了身子，倒在原地睡着了——睡啊，睡啊，一直睡到傍晚时分，因为他已经完成了一天的辛苦工作。

"哦，"当他醒来时他说道，"我要回房子里去了，达尔奇，告诉铜匠鸟这个消息，他会告诉整个花园的动物纳吉娜死了。"

铜匠鸟发出的声音极像小锤子在铜锅上敲打的声音。他总是发出这种声音，因为他是每一个印度花园里消息的传播者。

当里基提基走上小路的时候，他听到小鸟们"注意"的语调，像叫餐铃的声音，然后是持续不断的"奈格死了，奈格死了"的声响，这种声音带动花园里所有的鸟都唱了起来，青蛙们也开始呱呱地叫，因为奈格和纳吉娜过去常吃青蛙和小鸟。

当里基提基回到房子里的时候，泰迪和他的爸爸妈妈（她看起来脸色还是很苍白，好像随时会晕倒）都跑过来，抱着他哭了起来。那天晚上，他吃光了所有给他的食物，一直到再也吃不下了，然后坐在泰迪的肩上睡着了。后半夜，泰迪的妈妈去看他的时候，发现他还在泰迪的肩上睡呢。

"他救了我们的命还有泰迪的命，"她对丈夫说，"想想吧，他救了我们所有人的命。"

里基提基醒了过来，一跃而起，因为獴的睡眠都很浅。

"哦，是你啊。"他说，"你还担心什么呢？所有的蛇都已经死了。就算他们还在，还有我呢！"

里基提基有资格为自己感到骄傲，但是他没有让自己得意忘形。他守卫着那个花园，尽到了一只獴的本分。他用牙齿杀掉了蛇。他会跳上跳下，会进行有力的突然跳跃，他会用嘴咬，直到再也没有一条蛇敢把脑袋伸进花园。

二　达尔奇的赞美诗

我是歌手，我是裁缝，

我懂双重的乐趣，

我为自己毫无保留的歌声而骄傲，

我为自己精心建造的房子而骄傲，

高一调，低一调，我这样谱写我的音乐，

上一针，下一针，我这样编织我的房子。

再唱歌给孩子们吧！

妈妈，哦，抬起你的头！

折磨我们的恶魔已经被杀死，

花园里的恶魔，躺在那里，死了，

藏在玫瑰丛里的可怕的家伙已经消失，

被扔在垃圾堆上，死了！

谁拯救了我们，是谁啊？

告诉我他的安乐窝，告诉我他的名字，

是里基提基，勇敢的獴，忠诚的獴，

155

是里基提基，有着火焰一样的眼睛，

是里基提基，他的牙齿白如象牙，眼睛红似火焰！

送给他，鸟类的感谢，

送给他，尾羽舒展的鞠躬，

赞美他，用最动人的语言，不，还是我来赞美他，

听！我要歌唱，献给红眼睛的尾巴像瓶刷的里基提基的

赞歌。

（唱到这里，歌声被里基提基打断了，歌曲后面的部分丧失。）

大象们的图梅

一　大象们的图梅

我将记得我是什么，我厌倦了绳索和铁链；

我将记得我曾经的力量和我所有的森林故事；

我将不再为了一根甘蔗把我的脊背出卖给人类；

我要走出去，去我自己的种族，回到丛林里的兽民中。

我要走出去，直到天亮，直到破晓——

外面有风儿纯洁的亲吻，水儿干净的爱抚。

我将忘记我的脚链，咬断我的树桩，

我要重访我失去的爱，还有我无拘无束的伙伴！

157

"卡拉奈格"是黑蛇的意思。这头名叫"卡拉奈格"的大象在各个方面都尽一头大象所能做的，为政府服务了 47 年。他在 20 岁那年被抓，现在他将近 71 岁了———一头大象的成熟年龄。他记得当时自己额头上顶着一块皮革垫子，用力去推深陷泥潭的一尊大炮。那是 1842 年阿富汗战争之前的事，那时他的力气还不够大。

　　他的妈妈，拉达皮艾瑞是跟卡拉奈格一起在同一个象群被抓的。在卡拉奈格的乳牙掉落之前，他的妈妈曾告诉他，那些心中充满恐惧的大象往往容易受伤。卡拉奈格知道，那是一个正确的忠告。因为当他第一次看到炮弹爆炸，尖叫着后退时，正好踩到了一些堆起来的步枪，步枪末端的刀刃把他身上最柔软的部分都戳伤了。因此，在 25 岁之前，他丢弃了恐惧。也正因为如此，他成了为印度政府服役的大象中最招人喜欢、最受优待的大象。

　　他曾经驮着 550 千克重的帐篷在印度北部随着人类行军；他曾经被蒸汽式起重机吊到船上，横穿水面好几天；在离印度很远的一个陌生的、有很多岩石的国家里，他被迫驮大炮；他曾经看到国王西奥多在曼德拉倒地身亡；他曾经坐在给士兵授予战争勋章的汽船上再次归来；他曾经目睹自己的伙伴们有的死于寒冷、饥饿，有的在一个叫阿里的清真寺里得了热疾。后来，他被下放到数千里地之外的毛淡棉市，去托运和堆放巨大的、已经被砍倒的树木。在那里，他曾经把一头既不听话也不愿出力的年轻大象打得半死。

从那之后，他不再托运木材，而是跟其他几十头大象一起忙着帮助捕捉加洛山的野象。野象受到印度政府的严格保护。印度有一个专门狩猎大象的部门，他们捕捉大象，训练大象，然后把大象送到全国各地有需要的地方。

一周又一周小心谨慎的驱逐之后，分散的野象终于穿过山丘。在那里，四五十头野蛮的巨象被驱逐到了谷仓。谷仓的大门在他们身后咣当一声关上了。然后，一声令下，卡拉奈格就会冲进愤怒地嘶叫着的、躁动不安的象群中，找出最庞大、最野蛮的一只，重重地打他，直到他安静下来为止，而骑在其他大象上的人则用绳子把比较小的象捆绑起来。

卡拉奈格，这头成熟而富有智慧的大象对战斗之道无一不精。想当年，他曾经不止一次冲向受伤的老虎，卷起柔软的鼻子避开伤害，并用脑袋快速冲击，把跳到半空的老虎撞到一边。这完全是他自己发明的战术。撞到猎物后，他巨大的膝盖就会跪压在猎物上面，直到这个生命喘息哀号着倒下。然后，他卷起猎物的尾巴，将他拖走。对卡拉奈格来说，这已经是轻车熟路了。

赶象人图梅看到过卡拉奈格被抓；图梅的儿子黑图梅把卡拉奈格带到了阿比西尼亚；图梅的孙子大图梅，现在是驱赶卡拉奈格的人。

"是的，"大图梅说，"卡拉奈格除了我谁也不怕。他已经看到了我们三代人喂养他、照顾他，他还将看到我们家的第四代照顾他。"

"他也怕我。"小图梅说。小图梅只有十岁，是大图梅的长子，他身高一米二，身上只围了一块破布。根据风俗，他长大后会代替大图梅骑到卡拉奈格的脖子上。

他知道卡拉奈格在说什么，因为他就出生在卡拉奈格的影子下，不会走路的时候就玩弄卡拉奈格的鼻头，可以走路的时候就带卡拉奈格去水里。

"是的，"小图梅说，"他怕我。"他迈开步子向卡拉奈格走去，叫他老肥猪，让他把脚挨个抬起来。"政府可能会为大象支付开销，但是他们属于我们赶象人。等你老了，卡拉奈格，某个有钱的王侯会来这里，因为你的个头和举止，他们会从政府手里买下你。到那个时候，你就只需要耳朵上戴着金耳环，背上驮着金鞍，走在国王队伍的前头。那个时候，我将坐在你脖子上。哦，卡拉奈格，人们会拿着金棒，跑到我们前面，口中喊着：'给国王的大象让路！'"

"不！"大图梅说，"这种在山中跑来跑去的活儿不是政府最好的差事。我越来越老了，我不喜欢野象。我想念坎普尔的士兵兵营，那附近有一个市场，一天只需要工作三个小时。"

小图梅想起了坎普尔的大象围场，但是他什么都没说。他特别喜欢露营生活，反而憎恨那些宽阔平坦的道路，憎恨每天去田里拔草时除了长时间盯着卡拉奈格看就无事可做的时光。

小图梅喜欢的是：跑到只有大象才能爬上的小路，探寻底下的山谷，观望数里外吃草的野象；卡拉奈格脚下惊恐的小动物四处逃窜；烟雾缭绕的峰峦和山谷，闷热的雨滴纷纷坠下；无人知晓晚上投宿于何处，第二天依然在美丽而朦胧的清晨醒来；对野象沉着谨慎地围捕，在围捕中疯狂地奔跑，到处是烈焰和噪音，当大象们蜂拥到谷仓，发现不能出去，便猛击那些沉重的柱子，但只会被叫喊声、燃烧的火把和射向空中的枪声赶回去。

在那里，即使是个小孩也能派上用场，而小图梅顶得上三个男孩。他能高举火把挥舞呐喊。外出围捕是真正的好时候，围猎场——也就是谷仓——像一幅世界末日的画。人们不得不相互打着手势，因为他们听不到对方说话。那个时候，小图梅会爬到摇晃的柱子上，在火光映衬之下就像一只小猴子。只要噪音减弱一点，你就能听到小图梅尖叫着为卡拉奈格加油的呐喊声，他的声音掩盖了大象的吼叫声、猛撞声、猛咬绳子的声音和捆绑之下大象发出的呻吟声。

"加油，加油，卡拉奈格！小心柱子！嗨！耶！"他常常会这样大喊，来来回回奔跑在卡拉奈格和野象之间的围猎场。

一天晚上，这个孩子从高高的柱子上滑下来，偷偷加入到大象之中。他把一根掉下的绳子的一端抛给了一个赶象人，那个人正在尽力抓住一头乱踢的小象。卡拉奈格发现了孩子，用鼻子把他抓住，交给

大象们的图梅

了大图梅。大图梅当时就给了小图梅一记耳光，又把他放回了柱子上。

第二天早上，大图梅狠狠责备了小图梅，说："昨晚大象抓着你表演的这个事实，可能会被工钱比我还少的那些愚蠢的猎人利用，跑去报告给彼得斯大人。"

小图梅害怕了。他对白人了解得不多，可对他来说，彼得斯大人是这个世界上最伟大的人，他是整个围猎场行动的首领——印度政府所有的大象都是他抓的。他比任何一个人都更加了解大象。

"什么事——会发生什么事呢？"小图梅问。

"已经发生了！要多坏有多坏。他也许会要求你成为一名捕象人，在充满热毒的丛林里居无定所，直到最后在围猎场被踩死——这是让谣言终止的最好方式。下周围捕就结束了，我们这些来自平原的人就要被送回我们的驻地。我们将步行在平坦的大路上，把这次狩猎行动完全忘记。图梅家族要被踩死在脚下，埋在围猎场的泥土中吗？没用的小子！去给卡拉奈格洗洗澡，注意他的耳朵，看看他的脚里是不是有刺。否则的话，彼得斯大人肯定要抓你，让你成为一个野猎人——一个尾追大象脚印的人。那就丢死人了！快去！"

小图梅一言不发地离开了。但是，在他检查卡拉奈格的脚的时候，他把自己的问题都告诉了卡拉奈格。他卷起卡拉奈格巨大的右耳朵边缘，说道："他们已经把我的名字告诉了彼得斯大人，可能——

也许——谁知道呢？哦！我拔出了一根大刺！"

接下来的几天，人们都忙着把大象集中在一起，让新抓的野象在一对被驯服的大象间来回走着，以防止他们在下山前往平原的路上制造麻烦。

彼得斯大人骑着他聪明的母象帕德米妮来了。因为狩猎季节马上就要结束了，所以他一直在给山中的其他营地结算工钱。有一个本地的职员正坐在大树底下的桌子边，给赶象人发工资。每个人拿到工资之后，都会回到自己的大象那里，站到准备启程的队伍中去。捕象人、猎户、正规围猎场的人，这些人在丛林中待一年回去一年。他们有的人坐在大象的后背上，这些大象是属于彼得斯大人的永久的军队；有的人手里抱着枪斜靠在大树上，他们抓住机会拿将要离开的赶象人寻开心，一旦有新抓的野象冲破防线到处乱跑，这些人就哈哈大笑。

大图梅朝那个职员走去，小图梅跟在他后面。捕象人的首领木卡瓦阿帕小声地对他的一个朋友说："走了一块驯服大象的好材料，让他去平原受煎熬真是可惜了。"

彼得斯大人浑身上下都是耳朵，就像倾听野象的人那样——野象是所有生物中最安静的动物。彼得斯大人转过身问道："什么？我还不知道这些平原赶象人当中有哪个男人足够聪明，就算是大象死了也能捆住他。"

"那不是个男人，是个男孩。最后一次围捕中，他去了围猎场。当时我们正在努力让那头肩上有斑点的小象离开妈妈，那个男孩给巴默扔了一根绳子。"

木卡瓦阿帕指向小图梅，彼得斯大人看了一眼。小图梅则向着彼得斯大人深深地鞠了一躬。

"他扔绳子？他还只是个小毛孩子。小家伙，你叫什么？"

小图梅太害怕，都说不出话来了。还好卡拉奈格在他身后，小图梅做了个手势，于是大象用鼻子把小图梅卷起来，举到了帕德米妮前额的高度，让他来到了伟大的彼得斯大人的面前。小图梅用手遮住了脸。他还只是个孩子，除了接触大象，其他时候他都和普通孩子一样羞涩。

"啊！"彼得斯大人说，浓密的胡子下面弯起了嘴角，"为什么要教你的大象玩这种把戏呢？是不是想让他帮你从别人房子的屋顶上偷青玉米啊？"

"不是青玉米，是穷人的保护神——甜瓜。"小图梅说。所有在场的大人们都大笑起来。

"他是图梅，我的儿子，大人。"大图梅皱着眉头说，"他是个让人讨厌的孩子，早晚得进监狱，大人。"

"关于这一点我表示怀疑，"彼得斯大人说，"能在这样的年龄面对整个围猎场的男孩是不会进监狱的。哦，小家伙，给你四卢比去买糖，因为你浓密的头发下面有一颗聪明的小脑袋。适当的时候，你也会成为一名猎人的。"

大图梅的眉头比刚才皱得更紧了。

"但是，你要记住，围猎场不是孩子玩的好地方。"彼得斯大人继续说。

"我永远都不能去那里了吗，大人？"小图梅深深吸了一口气，问道。

"是的。"彼得斯大人又笑了，"除非你能看到大象跳舞，否则就不能去。如果哪一天你看到了大象跳舞，你就来找我，我会让你去所有的围猎场。"

人们又一次哄堂大笑，因为那只是捕象人之间的一个古老的玩笑，因为这种事情永远不可能发生。森林中藏着一些巨大的、干净而平坦的地方，它们被称为跳舞场。但是，即使是这些地方偶然被人们发现了，也没有人见过大象在这些地方跳舞。

卡拉奈格把小图梅放下，小图梅又深深地鞠了一躬，然后跟着他的父亲离开了。他把卢比给了妈妈，妈妈正在照看他还是个婴儿的小弟弟，他们全家都骑在卡拉奈格背上。大象队伍沿着小山路向平原走去。

大图梅生气地抽打着卡拉奈格。但是，小图梅却高兴得说不出话来，因为彼得斯大人注意到了他，还给了他钱。此刻他的感觉就跟一个普通的士兵被长官叫出队列表扬了一样。

"彼得斯大人说的大象跳舞是什么意思？"最后他轻声地问妈妈。

大图梅听见了他的话，叹了口气说："你永远都不会成为一个捕象人，这就是他的意思。喂，前面的人，什么挡住道了？"

走在两三头大象前面的一个叫阿萨姆的赶象人，这时生气地转过身喊道："山里所有的神啊，这些新抓的象太难控制了，他们一定是疯了，要不就是他们能闻到丛林中伙伴的味道。"

大图梅回答说："最后一次捕猎中，我们已经扫视了野象山，肯定是你在赶象的时候粗心大意。难道要我亲自维持整个队伍的秩序吗？"

"听听他说的！"别的赶象人说，"我们已经扫视了野象山！噢！哦！你们很聪明，平原的人们。除了榆木脑袋，是个人都明白，大象知道这个季节的围捕已经结束了，因此，所有的野象今晚将——我为什么要在一个傻瓜身上浪费学识呢？"

"他们要做什么？"小图梅大声问道。

"哦，小家伙，你在啊！好吧，我告诉你，因为你有一个冷静的头脑。他们会跳舞，今晚你父亲很有必要用双重链子把他们锁好。"

"这是什么话？"大图梅说，"四十年来，无论是父亲还是儿子，我们都照顾过大象，从来没听说过大象跳舞这种鬼话。"

"是的，你们这些住在小屋里的平原人只知道自己屋子的四面墙。好吧，那你今晚松开大象的链子，看看会发生什么事吧。"

说着，他们赶着大象蹚过河水，到了第一个接受新大象的营地。

大象的后腿都被锁在了大柱子上，多余的绳子就用来拴住新象。草料堆积在他们面前。山区赶象人要趁着太阳还没落山赶往彼得斯大人那里。他们叮嘱平原赶象人，那个晚上一定要特别小心。当平原赶象人询问其中的缘由时，他们哈哈大笑了起来。

小图梅照顾着卡拉奈格的晚餐。当夜幕降临时，他特别高兴，为了表达这种高兴，他试图穿过营地去找一面手鼓。小图梅已经和彼得斯大人说过话了！如果他还没有找到他想要的东西，他一定会病倒。可是营地里卖糖果的人只借给他一面很小的手鼓。他在卡拉奈格面前盘腿坐下，当星星露出脸来的时候，他将手鼓放在自己的膝盖上，使劲地敲起鼓来，越是想他得到的巨大荣誉，他就越使劲地敲。

新象扯着拴住他们的绳子，一次又一次地呼喊着，鸣叫着。小图梅可以听见妈妈在唱着古老的歌谣哄小弟弟入睡，那是一首关于伟大的神灵希福的歌谣。神灵希福曾经告诉所有的动物应该吃什么。这首歌对小图梅起了镇定的作用，他合着旋律敲鼓，直到睡着了，躺在了卡拉奈格身边的草地上。

大象们按照他们的习惯挨个躺下，只有队伍右边的卡拉奈格站立着，他慢慢地左右摇晃着。夜风轻轻吹过小山，卡拉奈格的耳朵向前竖起，倾听着夜风的声音。

小图梅睡了一会儿，当他醒来的时候，明亮的月光洒满了大地。卡拉奈格还站立着，他的耳朵还竖着。小图梅翻了个身，注视着星空下卡拉奈格后背的轮廓。突然，他听到了远处大象发出的扑通声。

队伍里所有的大象都跳了起来，好像他们被枪击中了一样。最后，大象的喊叫声惊醒了熟睡的看象人。他们出来把象群赶入了用大锤子固定好的树桩群里，系紧绳子并打了结，直到一切都安静下来。一头新象几乎把栓他的树桩拔了出来。大图梅解下卡拉奈格腿上的链子，又用那链子把新象的前腿后腿都锁上，又把一根草绳套在了卡拉奈格的腿上，让他记着自己被牢牢套住了。卡拉奈格并没有像平常一样低吟一声表示服从这个命令。

"如果他今晚变得焦躁不安就照顾他一下。"大图梅对小图梅说完后就回屋睡觉了。

正当小图梅也要睡觉时，他听到啪的一声，草绳被咬断了。卡拉奈格悄悄地离开了他的柱子，像飘离谷口的一片云。小图梅在月光下沿着小路追赶他，小声喊着："卡拉奈格！带上我！"

大象转过身来，在月光下悄无声息地往回走了三步，走到男孩面前，放下鼻子，把男孩卷到他的脖子上。还没等小图梅坐好，他已经悄悄溜入了森林。

象群传来了一阵兴奋的鸣叫，接着一切都恢复了平静。卡拉奈格开始前进了。有时候，一簇蒿草滑过他的身边，就像波浪滑过船边；有时候一簇野生胡椒藤擦过他的脊背；有时候他的肩膀碰到竹子后，竹子来回摆动。在这期间，他走得悄无声息，好像烟雾一样，飘过茂密的加洛森林。他朝着一座小山走去，虽然小图梅能透过树叶的缝隙看到星星，但是他辨别不出方向。

卡拉奈格到了山顶，停了片刻。小图梅看到月光下茂盛的树梢绵延了数里，河流上空泛着青白色的薄雾。小图梅探着身子向下看，他感觉脚下的森林是醒着的——清醒，活泼，拥挤。

然后，树枝再次遮住了他的头顶，卡拉奈格开始向山谷走去——这次并不安静，就像大炮从陡峭的堤岸滚落——一阵急冲。小图梅把身体放低，紧紧靠着卡拉奈格的大脖子，唯恐摇晃的大树枝把他扫到地面上，他甚至想返回象群。

草地开始变湿了，卡拉奈格的脚很费力地踩在上面又拔出。谷底的夜雾让小图梅感觉到阵阵凉意。河水飞溅着，奔流着，卡拉奈格一步一步试探着走过了河。河水从象腿间流过，除了河水的流淌声，小图梅还听到了从河的上游和下游传来更多的飞溅声和象鸣声——巨大的叫喊声，愤怒的喘息声。他周围的薄雾似乎充满了滚动的影子。

"啊！"他半压着嗓子说，牙齿打着寒战，"大象家族今晚都出来了。那么，肯定是要跳舞！"

卡拉奈格走到河对岸，甩出了鼻子里的水，又开始爬山。但是，这一次不止他一个，他也不用开路，路已经铺好了，有近两米宽。在他前面，弯下的丛林杂草正在努力地恢复原状，慢慢直立起来。所以，几分钟前一定有许多头大象经过这条路。小图梅回头一看，在他后面，一只巨大的野象正从河里走出来，他那灯笼一样的眼睛像烧得通红的煤炭一样闪闪发光，然后再次被树木遮住了。他们鸣叫着，拖着沉重的步伐继续向前。到处都是树枝被折断的声音。

　　最后，卡拉奈格停在山顶的两棵树中间不动了。这两棵树只是周围一片树林的一部分，这些树的占地面积大约为 15000 平方米，这是一块不规则的空地。在这片空地上，就像小图梅看到的那样，地面已经被踩平，像坚硬的砖地。月光下，除了大象站立的地方变成黑色以外，整个空地都是铁灰色的。

　　小图梅屏住呼吸，四下探望，他看到越来越多的大象摇摆着穿过树林，来到了这片空地。

　　小图梅只会数到十，他掰着手指一遍又一遍地数着，一直到他忘了数了多少个十。他的脑袋开始眩晕。他能听到空地之外的下层丛林里传来的碰撞声，因为象群在努力地爬上山腰。但是，他们一进入空地周围的树林，动作就轻微得像幽灵一样。他们站在那里，交头接耳，或者三三两两地来回穿梭，或者自己摇晃着身体——许多许多的大象。

小图梅知道，只要他待在卡拉奈格的脖子上别动，他就什么事都没有。因为那个晚上，大象们不会想起人类。有一次，他们听到了脚镣声，就竖起了耳朵。但是，那是帕德米妮，彼得斯大人的爱骑，她的脚镣被咬断了，她也来到了山上。她一定是弄断了柱子，直接从彼得斯大人的营地赶来的。小图梅看到了另外一头他不认识的大象，那头大象的背上和胸部都是绳子勒出的深深的伤痕，他一定也是从山上的某个营地里跑出来的。

最后，森林里再也听不到大象走动的声音了。卡拉奈格从他站立的树中间跑了出来，来到了象群中间，嘴里发出古怪的声音。然后，所有的大象都开始用他们的语言交谈，四处走动。

小图梅还是静静地趴着，他看到许多宽阔的脊背，摇摆的耳朵，甩动的鼻子，灵活转动的眼睛。他听到大象牙偶然间相互碰撞后发出的咔嗒声，象鼻子卷在一起的干涩声，象群中巨大的身体和肩膀的摩擦声，还有巨大的尾巴不停甩动时发出的嗖嗖声。

突然，一头大象叫了起来，然后他们都开始叫，持续了五秒到十秒的时间，场景十分可怕。树上的露珠像下雨一样落到了隐没在树丛中的大象脊背上，然后四周开始响起了一种单调的隆隆声。刚开始声音不太大，小图梅说不出那是什么。但是，声音越来越大，卡拉奈格抬起了一只前脚，接着是另一只，然后两只前脚同时落在地上——一二，一二，极有规律。大象们现在一起跺脚，听起来像洞口擂起了战鼓。地面在摇动，在战栗。小图梅用双手捂住了耳朵，想挡住声音。但是，震耳欲聋的声音淹没了他——成百只沉重的脚在荒地上踩踏。有一两次，小图梅能感觉到卡拉奈格和其他的大象们向前挪了几步，然后踩踏声变成了多处植物被踩后的断裂声。但是一两分钟后，脚踩在坚硬地面上的隆隆声又开始了。小图梅身边有棵树摇摆着，吱吱呀呀地响。他伸出手，摸到了树皮，但是卡拉奈格又踩踏着向前移动了。小图梅说不出他在空地的什么位置。良久，大象的踩踏声终于停止了。声音一直持续了整整两个小时，小图梅的每根神经都疼，但是通过夜色散发出的气息，他知道黎明就要到来了。

青山背后一道淡黄的光预示了清晨的来临。随着曙光出现，隆隆声停止了，好像光线就是一道命令。小图梅脑中还萦绕着响亮有力的声音，他甚至还没有来得及移动一下位置，视线中就只剩下卡拉奈格、帕德米妮和那头有绳子勒痕的大象了。山腰下面既没有痕迹更没有声响来表明其他大象的去向。

小图梅看了又看，那块他记忆中的空地一夜间变大了。空地中央树下的灌木丛和一边的丛林杂草已经被踩平了。小图梅又看了一次，现在他明白了——大象们踩踏出了更多的空间。

"哇！"小图梅说，他的眼皮非常重，"卡拉奈格，我的主啊，让我们跟着帕德米妮去彼得斯大人的营地吧。不然，我就要从你的脖子上掉下来了。"

第三头大象看着帕德米妮和卡拉奈格一起走了，于是他大声喘着粗气，在原地打转，寻找着他的路。他可能是来自 30 千米或者 50 千米之外的某个小土著王国。

两个小时后，当彼得斯大人正在吃早饭的时候。他那头在晚上用双重链子锁起来的大象开始鸣叫起来。帕德米妮和卡拉奈格走进了营地。帕德米妮肩膀以下都脏兮兮的，而卡拉奈格双脚溃烂了。小图梅脸色发灰，缩成一团，他的头发都被露水打湿了，上面沾满了树叶。他挣扎着向彼得斯大人行礼，用微弱的声音喊着："跳舞——大象跳舞啦！我看见了——我要死了！"

当卡拉奈格坐下来的时候，小图梅从他的脖子上滑了下来，直接昏了过去。但是，土著小孩是不会觉得神经紧张的，所以两个小时后，小图梅非常开心地躺在了彼得斯大人的床上，脑袋下垫着彼得斯大人的射击服。头发浓密、浑身伤疤的丛林老猎人围成了三圈坐着，听小图梅讲故事，目不转睛地看着他，好像他是个神灵。

"如果你们不相信我，就派人跟我去看。你们会发现，大象家族已经把跳舞场地扩建了。我目睹了这一切。卡拉奈格带我去的，我看见了！"

小图梅又躺下来，睡了整整一个下午，一直到夜幕降临。他睡觉的时候，彼得斯大人和木卡瓦阿帕顺着两只大象的足迹，穿过小山走

大象们的图梅

了 7500 米。

彼得斯大人有 18 年的捕象经历，曾经有一次，他看到过这样的跳舞场地。

木卡瓦阿帕不用再看第二眼，也不需要用脚趾头剐蹭新添的泥土，就已经明白在这片空地上发生了什么事情。"那个孩子说的是真的，"他说，"所有这些都发生在昨晚，我已经数过了，总共有 70 头大象过了河。看，大人，帕德米妮的脚镣割破了那棵树的皮！是的，她也到过那里。45 年了，"木卡瓦阿帕继续说，"从我跟随我的第一头大象开始，还从来没听说过哪家的孩子曾经看到过大象跳舞。"说完他摇了摇头。

等他们回到营地，已经是晚饭时间了。彼得斯大人下令准备丰盛的晚宴。

大图梅已经到了，他从平原的营地跑来找儿子和大象。虽然他找到了他们，却感觉好像很害怕他们的样子。熊熊烈火燃烧在成排锁着的大象面前，盛宴在这里举行，小图梅是这一切的主人。

高大黝黑的捕象人、追象人、赶象人、拴象人，还有知道如何击败野象的秘密的人，他们一个接一个地经过小图梅面前，用从刚杀的丛林公鸡胸口流出的血抹在小图梅的额头。这是一种仪式，它代表小图梅今后是一个森林人了，可以自由出入所有丛林了。

最后，当火焰熄灭，火炭上的红光让大象们看起来好像浸过鲜血一样。木卡瓦阿帕——所有围猎场的赶象人的首领——跳跃起来。不久之后，他把小图梅高高举过头顶，喊道："听着，我的兄弟们，听着，队伍里的各位大人。因为，我——木卡瓦阿帕，有话要说。这个小家伙不能被称作小图梅了，要叫大象们的图梅，继承之前他曾祖父的称呼。他将成为一个伟大的追象人。他会比我们更坚强。在围猎场，他跑到大象肚子底下拴住象牙的时候，也会安然无恙；如果他溜到冲锋的公象的脚前，公象也会因为知道他是谁，而不会去踩他。"他在象群前转了一圈继续说道，"这就是在你们的秘密场地看到你们舞蹈的小家伙！给他荣誉吧，我的主！向大象们的图梅敬礼！呜吼！"

随着最后那声野性的召唤，整个象群都甩起鼻子，鼻尖碰到前额，发出完美的致敬和压倒一切的鸣叫声——这种声响只有印度总督才会听到——但是，这一次是为了小图梅，因为他目睹了人们闻所未闻、见所未见的一幕——在午夜时分的加洛山腹地，大象们跳起了自己的舞蹈。

大象们的图梅

二　希福和蚂蚱

——小图梅的妈妈唱给小宝宝的催眠歌

希福，灌注丰收，让风吹动。

很久之前的一天，

希福坐在门口，

给每个人分配属于自己的那一份食物，工作，命运，

从宝座上的国王到门槛上的乞丐。

所有的事情让他——成为保护神。

马哈迪奥！马哈迪奥！所有的东西都是由他完成的——

给骆驼喂荆棘，给奶牛喂青草，

慈母的心给贪睡的人儿，哦，屋里的小儿！

黄小麦给富人，麦片粥给穷人，

残羹剩饭给挨家挨户化缘的圣人；

战斗给老虎，腐肉给鸢鹰，

破皮和骨头给邪恶的狼群，

他们晚上没有墙体保护。

在希福看来，没有高贵，没有卑贱——

希福身边的雪山神女看着万物来了又走了，

想骗一骗自己的丈夫，嘲笑希福——

她偷了一只小蚂蚱，藏在自己的怀里，

她戏弄他——希福，这个保护神。

马哈迪奥！马哈迪奥！转过身来看看，

骆驼如此高大，母牛如此笨重，

但是，这个小东西这么微不足道，哦，屋里的小儿！

当救济发放完毕，她哈哈大笑着问：

"百万张嘴的主啊，还有谁没有喂到？"

希福哈哈大笑，回答道：

"所有的人都有自己那一份，甚至是他，藏在你怀里的小家伙！"

她从怀中掏出小蚂蚱，雪山神女，这个小偷，

她看到，微不足道的小东西正咀嚼着一片新生的嫩叶！

看到了，疑惑了，害怕了，她向希福祷告，

希福，确实给了所有的生物食物。

马哈迪奥！马哈迪奥！一切都是由他完成的——

给骆驼喂荆棘，给奶牛喂青草，

慈母的心给熟睡的人儿，哦，屋里的小儿！